STEFANIE NEEB

WINTER
Wonder
LOVE

Ein Adventskalender zum Verlieben

In einigen Fällen war es nicht möglich, für den Abdruck der Texte die Rechteinhaber:innen zu ermitteln. Honoraransprüche der Autor:innen, Verlage und ihrer Rechtsnachfolger:innen bleiben gewahrt.

© 2024 arsEdition GmbH, Friedrichstr. 9, D-80801 München
Alle Rechte vorbehalten

Text: Stefanie Neeb · Stefanie Neeb wird vertreten durch Agentur Härle
Gestaltung Cover: Büro Jorge Schmidt
Gestaltung Innenteil: Franzi Bucher, München

Bildnachweis Cover: Büro Jorge Schmidt; ProjectPixels / AdobeStock;
www.shutterstock.com: Lana_marcy_art, Gear Digital, Palii Yurii, Alena Nv, Lisla
Bildnachweis Innenteil: Franzi Bucher; www.shutterstock.com:
Lana_marcy_art, Bedlovska Liana; Freepik: n.style, pikisuperstar, user8331335, freepik

ISBN: 978-3-8458-6096-1

Wir behalten uns die Nutzung unserer Inhalte für Text und Data Mining
im Sinne von § 44b UrhG ausdrücklich vor.

www.arsedition.de

MIX
Papier | Fördert
gute Waldnutzung
FSC® C018236
www.fsc.org

Noch 24 Tage und es ist Weihnachten – endlich!

Mit *Winter Wonder Love* kannst du dich nun durch die gemütliche vorweihnachtliche Zeit lesen. Denn ab jetzt darfst du jeden Tag im Advent eine Seite öffnen, manchmal auch zwei. Und zusammen mit Charlie in die verschneiten Rocky Mountains reisen.

Doch nicht nur das.
Jeden Tag darfst du außerdem einen kleinen Teil des Ausmalbildes auf der allerletzten Seite mit einer Farbe deiner Wahl ausmalen. Also:
Am 1. Dezember alle Felder mit der Zahl 1,
am 2. Dezember alle Felder mit der Zahl 2
und so weiter …

So erhältst du am Ende ein zauberhaftes Lovestory-Ausmalbild.

Wir wünschen dir viel Spaß beim Lesen und eine wundervolle Vorweihnachtszeit.

Und nun: Auf in die Rocky Mountains!

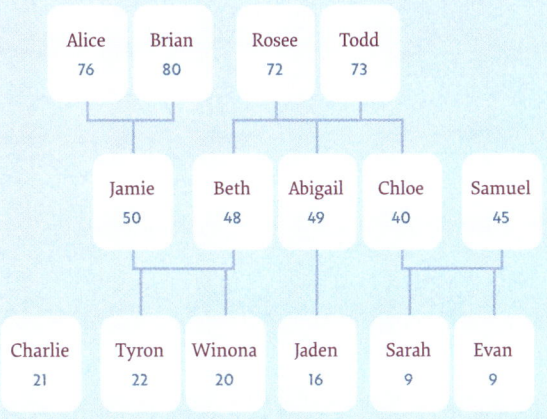

Die Callahans

Alice	Brian		Rosee	Todd
76	80		72	73

	Jamie	Beth	Abigail	Chloe	Samuel
	50	48	49	40	45

Charlie	Tyron	Winona	Jaden	Sarah	Evan
21	22	20	16	9	9

Das Leben selbst ist
das schönste aller Märchen.

Hans Christian Andersen

1

Driving Home for Christmas ...

Chris Rea singt mir aus meiner JBL-Box entgegen und ich stöhne genervt auf. Klar ist es schön, an Weihnachten nach Hause zu fahren ... Wenn man denn noch eins hätte!

Ich schiebe die Wohnungsanzeigen zur Seite und schnappe mir mein Handy. Die Playlist habe ich das ganze Jahr über zusammengestellt. *Winterlove-Kitzbühel.* Was für ein bescheuerter Titel eigentlich! Ich zögere kurz und lösche sie dann einfach. So wie Kitzbühel ja auch gelöscht ist. Und Winterlove gleich mit. Stattdessen ... *100 Greatest Summer Songs?* Fröhliche Reggae-Beats erfüllen die Küche und das Getanze der Schneeflocken vor dem Fenster wirkt sofort viel sommerlicher. Also: Wirklich wieder eine WG? Oder doch lieber das Ein-Zimmer-Apart...

„Alles klar hier?" Fiona steht in der Tür, im Bademantel und mit einem Handtuch um den Kopf. „*Sunshine Reggae?*"

„Äh ... ja. Ich überspring grad 'ne Jahreszeit."

„Eine?" Lächelnd schüttelt sie den Kopf. „Eher zwei, oder?" Dass sie einen Stapel Post dabeihat, sehe ich erst, als sie tanzend in die Küche kommt und ihn mit einem gekonnten Hüftschwung vor mir auf den Tisch legt. „Das war übrigens gerade die Klingel."

„Echt?" Sofort erwacht in mir das Schuldgefühl, das schon die letzten zwei Wochen mein ständiger Begleiter ist. Immerhin belagere ich ihre und Toms Wohnung. Ohne Aussicht auf baldige Änderung. Und schaffe es nicht mal, die Tür zu öffnen? „Sorry, ich hab die Klingel echt nicht gehört."

„Ach, ist vielleicht besser so." Fiona zieht sich einen Kaffee und setzt sich zu mir. Da weiter nichts mehr von ihr kommt, hake ich nach.

„Wieso besser so?"

„Philipp war da."

„Oh!" Mein Ex-Freund.

Ex. In meinem Kopf hört sich diese kleine Vorsilbe noch immer sperrig an. Dabei hab ich doch ganz viel „Ex" im Moment. Ex-Freund, Ex-WG, Ex-Skiurlaub. Ex-romantisches-Weihnachten.

„Er wollte wissen, wie es dir geht, und hat deine Post vorbeigebracht."

„Nett von ihm." Ich lächle Fiona an, warte aber insgeheim noch immer auf Tränen. Philipp war es, der unsere Beziehung beendet hat. Aber irgendwie hat mein Herz wohl entschieden, dass das okay ist. Wir hatten zwei schöne Jahre. Und das ist doch ... auch schön.

„Ich hab ihm gesagt, dass du grad unter der Dusche bist. Und ich denke ...", Fiona schnappt sich eine Haarsträhne, die mir aus dem Zopf gerutscht ist, und hält sie mir direkt vor die Nase, „... unter die Dusche solltest du wirklich, bevor wir gehen."

„Wieso?", frage ich, schaffe es aber nicht, dabei ernst zu bleiben. Wie auch? Immerhin ist von meinem üblichen Rotbraun nicht mehr viel zu sehen, stattdessen leuchtet die Strähne in all den Farben, die ich vorhin auf die Leinwand geklatscht habe. Und sämtlichen anderen Strähnen auf meinem Kopf dürfte es wohl genauso gehen.

„So gern ich dich auch habe, Charlie", warnt mich Fiona, „so nehme ich dich sicher nicht mit zur Weihnachtsfeier."

„Nein? Und ich dachte, ihr wärt eine tolerante Weinbar."

„Mit gewissen Grenzen. Die das Ölgemälde in deinen Haaren definitiv überschreitet."

Ich gebe mich empört, stütze mich auf dem Tisch ab und fege dabei versehentlich die ganze Post mit runter. Rechnungen, tausend Werbeflyer und ... einen cremefarbenen Umschlag. Neugierig hebe ich ihn auf. Die Briefmarke zeigt ein rotes Ahornblatt. Kanada!

„Der ... der ist sicher von Winni." Überrascht sehe ich Fiona an, ernte von ihr aber nur verständnisloses Stirnrunzeln. „Winona. Meine frühere Gastschwester."

„Ah! Sieht irgendwie offiziell aus, oder?"

„Schon, ja." Zum Glück hat der Umschlag diesmal jedoch keinen schwarzen Rand. Wie vorletztes Jahr, als Grandma Rosee gestorben ist. Trotzdem flattert mein Herz, als ich ihn vorsichtig öffne. Eine Karte kommt zum Vorschein, von der mir ein überglückliches, in dicke Winterklamotten eingemummeltes Paar entgegenlächelt. Jamie und Beth – meine früheren Gasteltern.

Silver Wedding

... steht in roten, geschwungenen Lettern unter den beiden, umrahmt von unzähligen Schneeflocken. Sie feiern ihre Silberhochzeit?

Ich klappe die Karte auf und beginne zu lesen. Werde von Zeile zu Zeile schneller, kann nicht glauben, was da steht, und zwinge mich, noch einmal von vorn zu beginnen.

„Was schreiben sie denn?", will Fiona wissen.

„Sie ... sie laden mich ein! Nach Banff. In ihr Ferienhaus."

„Was?" Fionas Augen werden riesig, und schneller, als ich gu-
cken kann, hat sie mir die Karte aus den Fingern gezogen. „Charlie, das ... das ist ja der Wahnsinn! Und wie passend, oder? Ich meine, was ist schon Kitzbühel, wenn du in die Rocky Mountains kannst. Und den Flug bezahlen sie dir auch. Stell dir mal vor, du könntest ..."

Während Fiona völlig begeistert losplant und quasi schon meine Koffer packt, wird es in mir ganz still. Eine zauberhafte Bergkulisse taucht vor meinen Augen auf. Überall verschneite Tannen, dazwischen das aus riesigen Baumstämmen gebaute Chalet der Callahans. Ich sehe die weit ausladende Veranda mit dem Holzschaukelstuhl, die grün angestrichenen Fensterläden, das Schindeldach mit den vielen kleinen Giebeln. Ich selbst war nie dagewesen, in meinem Kanada-Winter wurde es gerade renoviert, doch ich kenne unzählige Fotos und kann mir vorstellen, wie märchenhaft schön es sein muss, dort Weihnachten zu feiern.

Nur gibt es da ein winziges Problem. Und das ist ziemlich groß, hat dunkelblonde Locken, graublaue Augen und das wohl unverschämteste Grinsen schlechthin.

„Charlie?" Fionas Hand rüttelt mich wach. „Was ist los? Wo ist das Problem?"

„Nicht wo. Frag besser, wer?"

Irritiert kneift sie die Augen zusammen. „Okay ...? Also: Wer ist das Problem?"

„Tyron", knurre ich. „Mein ehemaliger Gastbruder."

Ein Gastbruder, den es eigentlich nie hätte geben dürfen.

Vor vier Jahren

„Moment, ich komme nicht zu den Millers?" Entweder ist mein Englisch schlechter als gedacht oder der Jetlag benebelt total meinen Kopf. Ich hab eine andere Gastfamilie? Mit einem 17-jährigen Sohn?

„Noch einmal von vorn, ja?" Die Dame in dem Agentur-Shirt wiederholt ihren Text – diesmal unüberhörbar genervt. „Bei den Millers kannst du nicht wie geplant unterkommen. Mr Miller musste heute Morgen ins Krankenhaus. Aber zum Glück springen die Callahans ein. Eine tolle Familie, Charlie, wirklich. Sie haben eine Tochter. Sie heißt Winona und ist 16 Jahre. So wie du. Und eigentlich haben sie noch einen Sohn, aber das Problem wurde gelöst und ... ach, das wird dir alles gleich deine neue Familie erklären, ja?"

Ich nicke brav, und doch zieht sich in mir alles zusammen. John liegt im Krankenhaus? Ich habe die letzten Wochen oft mit ihm und Kathy geskypt. Und fand beide total nett.

Auf meine zaghafte Nachfrage, was denn mit John sei, erhalte ich nur die Antwort, dass sie mir darüber keine Auskunft erteilen dürfe, bevor sie meinen Namen auf ihrer Liste abhakt und sich dem Jungen hinter mir zuwendet.

„Ach komm, Charlie, jetzt hast du immerhin jemanden in deinem Alter." Sophie, die ich schon in Hamburg am Flughafen kennengelernt habe, lächelt mir aufmunternd zu.

Wir ziehen unsere Koffer hinter uns her und steuern gemeinsam mit drei anderen Exchange Students auf den Shuttlebus zu, der uns zu unseren Familien bringen soll.

Kaum haben wir das Flughafengelände verlassen, taucht im Süden die Silhouette der Stadt auf. Calgary! Die meisten Fotos und Videos, die ich mir angesehen habe, zeigen die Gegend hier unter einer dicken Schneedecke, von der jetzt im September natürlich nichts zu sehen ist. Stattdessen brennt die Sonne vom wolkenlos blauen Himmel herunter und spiegelt sich in den gläsernen Wolkenkratzern.

Ohne den Blick auch nur für eine Sekunde vom Fenster zu lösen, lehne ich mich in meinen Sitz zurück und atme durch. Ich bin hier. Endlich! Hab den Abschied von Paps überstanden, den langen Flug geschafft. Zeit, sich vielleicht mal ein wenig zu freuen?

Jetzt starten meine zehn Monate.

Wir lassen den riesigen Nose Hill National Park links liegen und biegen wenige Minuten später ab in eine Gegend, die mich nur staunen lässt. Weitläufige Grundstücke, auf denen herrschaftliche Häuser stehen. Dazwischen immer wieder kleine Seen.

Blueridge View. Der Fahrer dreht sich zu mir um. „Miss, your stop."

Wirklich? Ich starre aus dem Fenster. Auf einer kleinen Anhöhe steht ein wunderschönes Haus aus Natursteinen. Verwinkelt, mit spitzen Dächern, riesigen Garagen und weiß gestrichenen Türen und Fensterrahmen.

Ich habe Mühe, aus dem Sitz zu kommen, umarme Sophie und stolpere ins Freie.

„Charlie!" Eine Frau tritt aus der Haustür und kommt mir fröhlich winkend entgegen. Mitte 40? Älter ist sie sicher nicht. Sie hat dunkle Locken, ein offenes Lächeln und ist mir auf Anhieb sympathisch.

„Ich bin Beth. Und wir freuen uns sehr, dass du da bist." Ihr Englisch klingt hell und zum Glück gut verständlich. Trotzdem klopft mein Herz wie wild, als ich nach den passenden Worten suche.

„Oh, Charlie!" Eine jüngere Version von Beth taucht im Türrahmen auf und nimmt mich wie selbstverständlich in den Arm.

„Hi! Wiona, oder?"

„No, Winona!", korrigiert sie mich grinsend und verrät mir gleich, dass sie dieses überflüssige n in ihrem Namen mittlerweile verteufelt. „Es benutzt eh keiner."

Die beiden nehmen mir Koffer, Rucksack und Jacke ab und bitten mich fröhlich plaudernd ins Haus. Nein, in die Villa! Zu der sogar ein Pool im Garten gehört, wie ich sehe, als ich das riesige, offene Wohnzimmer betrete.

„Wow!" Staunend schaue ich mich um und komme mir in meinen verschwitzten Klamotten und dem völlig übernächtigten Look ziemlich fehl am Platz vor.

Doch Beth und Winona lassen mir gar nicht viel Zeit, mich unwohl zu fühlen. Sie sind so voller Freude über meine Ankunft, dass ich den Drang, mich erst einmal frisch zu machen, zur Seite schiebe und mir das Haus zeigen lasse. Als Erstes gehen wir mit meinen Sachen die breite offene Treppe in den ersten Stock hoch. Mein Zimmer ist ganz hinten im Gang, direkt neben Winonas. Die Größe, aber auch die Einrichtung hauen mich um. Alles ist in hellen Tönen gehalten, auch das riesige Boxspringbett, das mich mit seinen bunten Kissen sofort magisch anzieht. Rechts ist mein eigenes Bad, auf der linken Seite das Schlafzimmer von Beth und ihrem Mann, dahinter deren Bad. Wir gehen die Treppe wieder runter und landen in der großen, offenen Küche. Ich mag die Mischung aus Holz und chromblitzenden Armaturen, besonders aber das Monstrum von Kühlschrank.

Mit einem Icemaker, oder?

Beth deutet in den Garten, und fast wie in Trance folge ich ihr und Winona auf die Terrasse, die es locker in jedes Hochglanzmagazin schaffen würde. Auf dem Tisch stehen Getränke bereit, gekühlte Gläser, sogar ein Kuchen. Aber bevor ich mich auf einen der gepolsterten Rattansessel setze, will ich doch erst duschen.

„Aber sicher, natürlich!" Fast entschuldigend lächelt mich Beth an. „Lass dir Zeit."

Durchs Wohnzimmer, dann die Treppe hoch. Zum Glück gibt es hier kaum Türen, so kann ich mich gar nicht verlaufen. Bevor ich aber die erste Stufe erreiche, höre ich hinter mir ein leises Schaben. Dann ein erstauntes „Oh!".

Ich drehe mich um und starre in graublaue Augen. Sie gehören zu einem Jungen, gut einen Kopf größer als ich. Von seinem Gesicht ist nicht viel zu sehen, dunkelblonde Locken hängen ihm tief in die Stirn. Nass geschwitzt wie der Rest seines Körpers, der in Basketballklamotten steckt.

Ist der gerade wirklich da aus dem Wandschrank gekommen?

Heute darf weitergeblättert werden ...

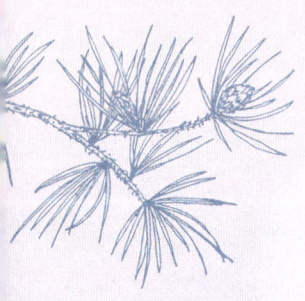

„Du bist schon da?", fragt er mich, wobei sein Ton keinen Zweifel daran lässt, dass ihm diese Tatsache missfällt.

„Ähm … ja. Ich denke, ich bin schon da."

Seine Augenbrauen zucken hoch. „Tja dann, herzlich willkommen, Charlie."

Er klingt so herzlich wie … ein Toaster. Was mich echt zu ärgern beginnt, nur hab ich keine Lust auf Stress mit ihm.

„Danke", antworte ich daher und versuche, mein freundliches Lächeln beizubehalten. „Und du bist …?"

Er lehnt sich an die Kücheninsel und fährt sich durch die Haare. Da sie ihm danach ziemlich verwuschelt vom Kopf stehen, sehe ich jetzt mehr von seinem Gesicht.

Klassischer Tiktok-Boy, schießt es mir durch den Kopf. Extrem schöne Züge, geschwungene Augenbrauen, schmale Lippen. Dazu strahlt er eine Lässigkeit aus, die jede Handykamera super einfangen könnte.

Alles in allem also: nicht mein Typ!

„Wer ich bin?" Mit verschränkten Armen hebt er sein Kinn und schaut mir direkt in die Augen. „Tyron. Der bis heute Morgen hier wohnen durfte, deinetwegen aber ausziehen musste und jetzt nebenan bei Abigail und Jaden wohnt."

„Was?" Das sind zu viele Infos auf einmal. Zudem verstehe ich seinen Auszug nicht. „Wieso wegen mir? Ihr habt hier doch tausend Zimmer."

„Tausend?" Spöttisch verzieht er die Lippen. „Nicht ganz. Aber ja, es stimmt. Mein Zimmer bewohnst du ganz sicher nicht. Und doch darf ich hier nicht sein – laut Agentur."

„Weil …?"

„Na ja …" Tyron lässt seinen Blick unverhohlen neugierig

über meinen Körper wandern. „Ich weiß ja nicht, ob du schon mal was davon gehört hast. Aber es soll tatsächlich vorkommen, dass Mädchen und Jungen was miteinander anfangen." Hitze knallt mir ins Gesicht. Ich mit ... dem Toaster?

„Was dich betrifft, droht mir da keine Gefahr", rutscht es mir raus, und ich kann nur hoffen, dass er es nicht mehr gehört hat, schließlich öffnet er gerade den Kühlschrank. Sein abruptes Innehalten aber lässt die Hoffnung in mir sofort zerbröseln.

„Bist du dir da sicher?" Er dreht sich zu mir um. Langsam. Und schenkt mir etwas, das einiges mehr in mir zerbröseln lässt als nur die Hoffnung. Ein absolut unverschämtes Grinsen. Die Lippen nur wenig geöffnet, wandert ein Mundwinkel nach oben und sorgt dafür, dass sich ein freches Grübchen in seine Wange zieht.

Mist! Was die Gefahr betrifft, ist es vielleicht doch nicht ganz so eindeutig wie gedacht.

„Ach, ihr habt euch schon kennengelernt." Beth kommt von draußen rein und erlöst mich von Tyron, der irgendwas vor sich hinmurmelnd wieder im Wandschrank verschwindet.

Der Durchgang zu dieser ... Abigail, die in der anderen Hälfte des Hauses zu leben scheint?

„Er musste wegen mir ausziehen?", frage ich Beth.

„Na ja, weißt du, manchmal tut ein wenig Abstand auch gut. Beiden Seiten. Und Tyron kommt mit meiner Schwester Abigail gut klar. Außerdem hat er vor einer Woche einen unserer Pick-ups gecrasht. Tja, ein Skateboard unter den Füßen ist halt was anderes als ein Range Rover unterm Hintern. Aber wie auch immer, es hat uns einen Haufen Geld gekostet, und er arbeitet so seine Schulden bei uns ab. Also mit deiner Homestay-Gebühr. Du solltest daher dein Mitleid mit ihm in Grenzen halten."

„Ah, okay!" Schon irgendwie fair, oder?

Ich verschwinde schnell nach oben, um mich endlich zu duschen. Und mir gleichzeitig Tyrons Grinsen aus der Erinnerung zu waschen.

Leider begegne ich im Badezimmerspiegel meinem eigenen.

„Nicht dein Ernst, Charlie, oder?", pfeife ich mich zurück.

Nur verschwindet das Grinsen nicht.

Weder seines noch meines.

3

Luft! Ich brauche Luft!

Das Handgepäck noch auf dem Schoß, schalte ich die Lüftung über mir an. Ich kann es kaum glauben: Ich habe meinen Anschlussflug geschafft. Mit einem olympiareifen Sprint durch den Flughafen Toronto. Und das in Winterklamotten!

„Ist alles in Ordnung, Darling?", fragt mich die ältere Dame neben mir und mustert mich mit sorgenvollen Augen.

„Ja, ja. Alles okay. Ich hätte nur fast den Flieger nicht bekommen." Ich wickle mich aus dem Schal, fingere nach meinem Haargummi am Handgelenk und binde meinen Zopf neu.

„Verstehe. Ja, die Fliegerei ist auch nicht mehr das, was sie mal war." Sie lächelt, schaut dann aber mahnend auf das Handy auf meinem Rucksack.

Ich schreibe Winni trotzdem noch schnell eine Textnachricht, dass alles geklappt hat, und versuche dabei, das Profilbild meines Vaters zu ignorieren, der im Chatverlauf genau unter ihr steht.

Dir ganz viel Spaß in Kitzbühel, Charlie. Genieß die Tage und grüß Philipp von mir. Paps

Die Nachricht ist von gestern, und mir bricht erneut der Schweiß aus. Ich hab alles geschafft. Mein Bild, das ich nach den Winterferien abgeben muss, so gut wie fertiggestellt. Meine Skikleidung zusammengesucht. Kleinigkeiten für die Callahans besorgt. Und bei einer kleinen Wohnung bin ich zumindest in die engere Auswahl gekommen. Nur meinem Vater habe ich noch immer nicht die Wahrheit gesagt.

Ich könnte mir einreden, dass es daran liegt, dass er bei unserem letzten Telefonat schon gestresst genug geklungen hat. Die Regenzeit hat auf den Galapagosinseln dieses Jahr unerwartet früh begonnen, daher laufen die Dreharbeiten nicht gut. Dazu kommt, dass wohl Andrea Stress macht, seine Kameraassistentin und ... neue Freundin!

Ich könnte aber auch ehrlich zu mir sein und zugeben, dass ich mich bisher einfach nur erfolgreich davor gedrückt habe. Mein Vater mag Philipp. Noch mehr mag er es, wenn jemand an meiner Seite ist. In seiner Welt sollte niemand allein sein – wahrscheinlich, weil er es selbst nicht gut kann. Und ich fürchte mich jetzt schon vor seinen Verkuppelungsversuchen, die er gewiss starten wird, sobald er hört, dass ich wieder solo bin.

„... musste ich mit meiner Enkelin Maddy über sieben Stunden auf den Anschluss in Quebec warten. Du kannst dir nicht vorstellen, wie ermüdend das ..."

So wie ich nicht bemerkt habe, dass die ältere Dame das Gespräch mit mir wieder aufgenommen hat, bemerkt sie zum Glück nicht, dass ich zwar immer wieder mal freundlich nicke, ihr aber kaum zuhöre. Ich bin viel zu erschöpft, viel zu durcheinander.

Nach dem Begrüßungsgetränk und einem kleinen Snack schiebe ich mir die Schlafbrille über die Nase. Nicht nur um meine Nachbarin auszusperren, sondern auch um ein bisschen zu schlafen. Leider lassen sich meine Gedanken nicht aussperren. Sofort fliegen sie zurück. Zu Tyron! Und den Wochen, in denen wir zusammen waren. Heimlich, denn es hätte meinen Rausschmiss aus dem Austauschprogramm bedeuten können, wäre das mit uns herausgekommen. *Mit uns* … Meine Gedanken verhaken sich an den zwei Worten. Denn gab es das überhaupt – das „Uns"?

Ich bin zuvor noch nie in einen Jungen so verliebt gewesen wie in Tyron. Und wenn ich ehrlich bin, danach auch nicht. Weil ich Angst habe, mein Herz zu verschenken, nur damit es erneut gebrochen wird?

Vier Jahre habe ich versucht, nicht an ihn zu denken und das Ganze hinter mir zu lassen. In wenigen Stunden aber sehe ich ihn wieder, und ich habe noch keinen Plan, wie ich ihm begegnen soll. So als ob nichts gewesen wäre? Als hätte er mir nicht den Boden unter den Füßen weggezogen?

Vielleicht.

Oder aber ich knall ihm meine ganze Wut, meine Enttäuschung von damals an den Kopf. Passende Worte fallen mir dazu gleich ein, doch dann sehe ich plötzlich Beth und Jamie vor mir, und ich weiß, ich werde nichts sagen. Es wäre nicht fair, in ihren Silberhochzeitsferien für schlechte Stimmung zu sorgen.

Die Durchsage des Piloten, dass wir gleich landen werden, reißt mich aus dem Schlaf.

An meiner Sitznachbarin vorbei spähe ich aus dem Fenster. Und als Calgary unter uns auftaucht – tief verschneit –, beginnt es, in meinem Magen zu kribbeln. Ich bin wirklich wieder hier, ich bin zurück! Und ich verspreche mir, die geschenkte Zeit in vollen Zügen zu genießen.

Eilig packe ich meine Sachen zusammen.

Zum Glück ist mein Koffer einer der ersten auf dem Gepäckband. Und da steht Winni! Direkt hinter der Glastür der Gepäckausgabe. Plötzlich rast die Zeit rückwärts. Wir sind wieder 16, fallen uns jubelnd in die Arme und drehen uns im Kreis, bis mir ganz schwindelig wird.

Winni sieht fantastisch aus in ihrem gefütterten Baumfällerparka und der weißen Wollmütze, unter der ihre langen braunen Locken hervorquellen. Und doch entgehen mir die dunklen Ringe unter ihren Augen nicht. Genauso wenig wie die Tatsache, dass sie noch schmaler geworden ist.

„Man sieht es mir an, oder?", greift sie meinen wohl zu eindeutigen Blick auf. „Du bist im Moment mein absolutes Highlight, Charlie. Der Rest ist einfach nur Stress."

Auf dem Weg zur Parkgarage erzählt sie mir von ihrer Semesterarbeit, die sie unbedingt noch in den Ferien fertigstellen muss, bei der sie aber vollkommen hinterherhängt.

„Außerdem machen mich Mum und Dad total irre. Dieser Familienurlaub ist ein einziges Planungsdesaster. Alle werden erst über die Tage eintrudeln, nur weiß niemand mehr, wer wann genau."

Mitfühlend seufze ich auf, verschlucke mich aber fast, als Winni noch anfügt: „Klar ist nur, dass es Tyron wohl mal wieder nicht schafft."

Wirklich? Ein „Das-ist-doch-prima"-Lächeln kann ich mir nicht verkneifen, verstecke es aber schnell hinter meinem Schal.

Ist das Glück tatsächlich mal auf meiner Seite?

Weihnachten ist keine Jahreszeit,
Weihnachten ist ein Gefühl.

Edna Ferber

„Es tut mir leid, Charlie!" Winni setzt den Blinker und biegt von der Banff Avenue in einen schmalen Waldweg ab. „Jetzt haben wir die ganze Zeit nur über mich geredet."

„Ach, das macht nichts. Außerdem war bei dir entschieden mehr los", antworte ich und weiß doch, dass „mehr" wohl nicht stimmt. Eher das Gleiche, nur umgekehrt. Sie ist endlich mit Jeff zusammen, teilt sich mit ihm eine Wohnung und gemeinsame Zukunftspläne. Vielleicht nicht ganz der richtige Zeitpunkt, ihr zu sagen, wie schnell sich das Leben drehen kann?

„Noch eine Kurve, dann sind wir da. Du kannst das Haus von hier schon sehen."

Ich beuge mich vor und ... kann nur noch staunen. Das Chalet der Callahans. Es ist viel größer, als ich es mir vorgestellt habe. Aus dunklen Holzbalken gezimmert wirkt es auf eine besondere Art majestätisch und edel zugleich. Jedes Fenster, jeden Giebel schmückt eine Girlande aus Tannenzweigen. Mit Lichterketten und bunten Kugeln verziert. Neben dem Schaukelstuhl auf der hell erleuchteten Veranda steht ein kleiner Weihnachtsbaum, doch das, was mir wirklich Tränen in die Augen treibt, ist das Empfangskomitee, das plötzlich in der Tür erscheint. Beth und Jamie, mit Grandpa Todd. Daneben Jamies Eltern, Alice und Brian. Alle tragen rote Weihnachtsmannmützen und kommen, nachdem wir ausgestiegen sind, freudestrahlend auf uns zu.

„Charlie! Wie schön!"

„Willkommen zurück in Kanada!"

Ich werde herzlich umarmt, geküsst. Und habe natürlich am Ende auch die rote Mütze mit dem langen Bommel auf dem Kopf.

„Aber jetzt lasst sie doch erst einmal reinkommen!", schimpft Todd.

„Würden wir ja, wenn du sie mal loslässt!", entgegnet Beth lachend und bahnt sich mit uns den Weg zum Haus frei. *1834* steht eingraviert auf dem Balken über dem Eingang. Dem Holz draußen sieht man die Jahre an, im Inneren des Chalets aber erwartet mich eine so kunterbunte Mischung aus Tradition und Moderne, dass mir augenblicklich ganz warm ums Herz wird. Das gesamte Erdgeschoss besteht aus einem einzigen Raum, durchbrochen immer wieder von Holzstreben, die das Dach abstützen. Ein behagliches Feuer flackert im Kamin, vor dem eine gemütliche Sofalandschaft steht. Mittelpunkt des Raumes ist aber ohne Zweifel der riesige Esstisch aus dunklem Holz, umrahmt von hohen Stühlen mit samtbezogenen Sitzflächen. Die Küche öffnet sich zur anderen Seite, doch von ihr sehe ich nur die Ausschnitte, die die nach oben führenden Treppenstufen freigeben. Eine Galerie. Sie umrundet beinahe das gesamte Erdgeschoss. Ob von ihr die Schlafräume abgehen?

„Möchtest du was essen, Charlie? Oder erst aufs Zimmer?", fragt mich Jamie. Eigentlich bin ich für Letzteres, sehe aber, wie Todd gerade den Ofen öffnet, und entscheide mich sofort um.

Poutine! Goldbraune Pommes, knusprig gebacken und mit Käse überzogen. Todd weiß, wie gern ich das esse, und lächelt verschmitzt zu mir rüber.

In Windeseile ist der Tisch gedeckt, eine Flasche Wein entkorkt. Und als ich dann sitze, inmitten des typischen Gefrotzels der Callahans, spüre ich, wie sich weihnachtliche Vorfreude in mir ausbreitet.

Es ist solch ein Geschenk, hier sein zu dürfen!

„Dann wollen wir mal, ja?" Brian, Jamies Vater, faltet die Hände zum Gebet, und auch ich will meinen Kopf gerade senken, als ich sehe, wie Winni stutzt. Ich folge ihrem Blick zum Kamin, und erst da fällt mir die Girlande mit den Weihnachtsstrümpfen auf. Sie sind mit Namen bestickt, und mein Puls schnellt hoch, als ich seinen entdecke. Tyrons.

„Kommt er jetzt doch?", fragt Winni.

Und ich? Halte die Luft an.

„Ach!" Beth zuckt mit den Schultern. „Ich weiß nicht. Aber die Hoffnung stirbt ja bekanntlich zuletzt."

Eben. Und ich kann nur hoffen, dass meine am längsten durchhält.

Nach dem Essen schaffe ich es gerade noch die Treppe hoch. 20 Stunden Flug. Dazu die Zeitverschiebung. Ich bin so müde, dass ich nicht mal mehr ausrechnen kann, wie lange ich schon auf den Beinen bin.

Zähneputzen? Nein, das mache ich morgen. Ich ziehe mir mein Schlafshirt über und kuschle mich lieber gleich unter die weiche Decke. Das Bett ist himmlisch, genauso wie der Rest meines kleinen Zimmers. Glaube ich zumindest. Ich sehe alles nur noch durch einen schweren Schleier, schließe die Augen und lasse mich in den Schlaf fallen.

Als ich wieder zu mir komme, kann ich an nichts anderes denken als an Wasser. Zu viel Pommes? Oder habe ich einfach generell nicht genug getrunken? Ich weiß es nicht und hab auch keine Ahnung, wie spät es ist. Da mein Handy noch in der Küche am Ladekabel hängt, strecke ich meine Hand aus, um nach dem Schalter der Nachttischlampe zu suchen. Aber ich finde weder einen Schalter noch eine Lampe und wühle mich aus dem Bett. Wie eine Schlafwandlerin tapse ich durch das Zimmer. Mein Koffer ist das Erste, an dem ich mich stoße, gefolgt von einem Stuhlbein, dem dazugehörigen Tisch und einem Papierkorb – bis ich es endlich zur Tür geschafft habe.

Vorsichtig öffne ich sie und spähe hinaus. Ein schmaler Lichtschein dringt zu mir hoch, die Stehlampe neben dem Sofa brennt noch. Da niemand unten zu sein scheint, schleiche ich barfuß die Treppe hinunter.

Die Zeit, mir ein Glas zu holen, spare ich mir und halte meinen Mund direkt unter den Wasserhahn. Doch noch während ich schlucke, höre ich plötzlich ein Geräusch. Es sind Stimmen. Aber woher? Verwundert drehe ich mich um. Und zucke zusammen, als ich sehe, wie sich in dem Moment die Haustür öffnet.

„Schsch ... mach leise, ja?"

Drei Worte – geflüstert nur. Und doch krampft sich mein Herz zusammen. Unter Tausenden von Stimmen hätte ich sie wiedererkannt. Denn ich kenne sie, in all ihren Farben. Fröhlich, spöttisch, lachend, ernst. Auch zärtlich.

Sie gehört Tyron.

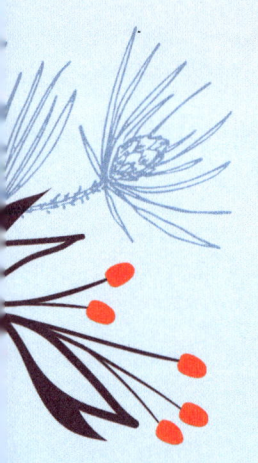

5

Im Türspalt erscheinen braune Boots, dann der Rest von Tyron. Durch die Treppe vor mir sehe ich ihn nur scheibchenweise. Seine Jeans, Teile eines schwarzen Hoodies, seine Locken. Es ist nicht so, dass ich mich nicht vorbereitet hätte. Im Gegenteil, ich habe die letzten Tage Winnis Instagram-Account regelrecht ausgewrungen auf der Suche nach Fotos von ihm. Von einigen habe ich sogar Screenshots gemacht und mir immer wieder angesehen. Um mein Herz vorzuwarnen. Um mich abzuhärten. Jetzt aber ist es kein Foto, das vor mir liegt. Der Moment ist echt. Tyron ist echt. Er steht nur wenige Meter entfernt, und mir wird bewusst, dass die ganze Folter der letzten Tage umsonst gewesen ist. Denn mein dummes Herz reagiert doch. Es stolpert mir davon.

„Jetzt los! Ich komme mir schon vor wie 'ne Einbrecherin." Lange Beine schieben sich hinter ihm ins Haus. Ich sehe eine Hand, die sich um seine Taille schlingt und ihn weiter in den Raum hineinschiebt.

Tyron lacht leise auf. „Mit Schlüssel wohl kaum. Aber mach echt nicht so laut, ja? Ich will niemanden wecken." Er stellt eine schwarze Reisetasche ab und dreht sich zu ihr um. „Unsere Überraschung ist für morgen gedacht."

Die Hand an seiner Taille wandert hoch, über seinen Rücken und verschränkt sich mit einer zweiten in seinem Nacken.

Oh nein! Hitze steigt mir ins Gesicht, als ich sehe, wie Tyron sich zu ihr hinunterbeugt. Das darf nicht wahr sein, die ... die knutschen hier jetzt rum?

Ich weiß, dass ich was sagen müsste. Einen lockeren Spruch, ein freundliches Hallo, irgendwas, kriege aber nichts raus. Stattdessen stehe ich da wie angewurzelt. Im Schlafshirt, völlig zerzaust und ... nicht mal abgeschminkt.

Tyrons Seufzen jagt mir eine Gänsehaut über den Rücken, holt mich aber zum Glück aus meiner Starre. Lautlos weiche ich zurück, Zentimeter für Zentimeter, bis ich die Kücheninsel erreiche. Dort angekommen ducke ich mich weg. Nicht gerade einfallsreich und, sollten sie mich hier erwischen, megapeinlich, aber wo sonst sollte ich hin. Hier ist ja alles offen.

„Nett habt ihr es hier! Ein bisschen viel Holz vielleicht, aber ... schon gemütlich."

Nett? Mir missfällt das Wort und Tyron scheint es ähnlich zu gehen, denn er wiederholt es – leicht gereizt. „Ich glaube, du bist die Erste, die es hier *nett* findet, Cassy!"

„Ach komm. Nicht ganz mein Stil, das weißt du. Aber für eine Nacht bestimmt total kuschelig."

Eine Nacht? Das sind zwei Wörter, die mir wiederum ausgesprochen gut gefallen.

Da sich die Stimmen von mir entfernt haben, drehe ich mich

zur Seite und wage einen vorsichtigen Blick ins Wohnzimmer. Von Cassy sehe ich nicht viel, sie steht vor Tyron am Kamin, doch die langen blonden Haare, die an seiner Seite aufblitzen, verraten mir, dass er seinem Typ treu geblieben ist.

„Ach, wie süß! Weihnachtsstrümpfe. Die gibt es bei uns auch immer." Cassy liest einen Namen nach dem anderen vor und erhält von Tyron jedes Mal eine Kurzbeschreibung.

Beth – sieht alles, weiß alles und hält alles zusammen.

Jamie – der beste Koch hier im Haus. Findet er. Sonst keiner.

Bei Todd hätte ich fast aufgelacht, denn passender könnte man ihn nicht beschreiben: *Was ihn betrifft, darfst du dir nichts denken. Je mürrischer er sich gibt, desto wohler fühlt er sich.*

Dann aber zucke ich zusammen, als Cassy meinen Namen vorliest. Von Fragezeichen umringt hängt er in der Luft, getragen von Tyrons beharrlichem Schweigen.

„Hey? Wer ist Charlie?", hakt sie nach. „Onkel? Cousin? Hund?"

„Ne!" Tyron lacht auf. „Sie war Austauschschülerin bei uns. Also bei Winona. Ist aber Jahre her."

„Na ja, immerhin ist sie offiziell eingeladen. Wie alt ist sie denn?"

„Einundzwanzig, also ein halbes Jahr älter als Winona."

Cassy dreht sich zu Tyron und ich ducke mich schleunigst weg.

„Das weißt du ja sehr genau, mein Lieber! Mochtest du sie etwa?"

Sein empörtes Ausatmen schmerzt. Noch mehr aber das Wort, mit dem er mich dann beschreibt.

„Sie ... sie ist ein Nobody."

Ein Nobody. Ein Niemand.

Meine Lippen beginnen zu zittern, und ich verschließe sie augenblicklich mit meinen Händen. Damit dem Zittern nichts folgt. Kein Laut. Hinter meinen Augen aber beginnt es zu brennen und heiße Tränen steigen in mir auf.

Nobody. Das war ich anfänglich für ihn.

Dann aber wurde es mein Spitzname, zärtlich geflüstert.

Von Tyrons samtweichen Lippen, die sich auf meinen so wundervoll angefühlt haben.

Und mich um den Verstand geküsst haben.

Vor vier Jahren

Mist! Meine Sportklamotten. „Warte kurz, Winni!", rufe ich Winona zu und schlüpfe schnell noch mal ins Haus. Wo habe ich sie nur abgestellt? Mein Blick gleitet suchend über den Boden und bleibt an einem Paar Turnschuhen hängen. Definitiv nicht meine.

„Ignoriere mich gern." Ich wirble herum. In der Küche steht Tyron, barfuß, mit einer Schale Frühstücks-Loops in der Hand, und grinst zu mir rüber. „Ich nehme es nicht persönlich. Bin ja auch eigentlich gar nicht da."

„Klar. Und von den Loops gleich auch nichts mehr."

„Ach komm schon. Bei Abigail gibt's nur Vollkornpampe. Und ein bisschen Mitleid ..."

„Muss ich nicht haben. Ich sag nur Pick-up!"

Tyron verzieht schmerzhaft das Gesicht. Für mich der perfekte Moment zu verschwinden. Ich drehe mich um und entdecke den Beutel mit meinen Sportklamotten neben der Haustür. „Bis dann!", verabschiede ich mich und will die Tür hinter mir zuziehen, als ich ihn noch murmeln höre: „Na bitte, Nobody kann also doch sprechen."

Was? Fast hätte ich ihm einen eindrucksvollen Beweis zu seiner Erkenntnis geliefert und ihm an den Kopf geknallt, wie bescheuert er sich benimmt. Schließlich hat er mich die paar Mal, die wir uns in den letzten fünf Wochen über den Weg gelaufen sind, komplett ignoriert. Doch ich spare mir die Worte und freue mich umso mehr auf sein Gesicht, wenn er gleich sieht, wer da Neues in seinem Kunstkurs auftaucht.

„War Tyron im Haus?", fragt Winni, als ich ins Auto steige.

„Äh ... wieso?"

„So genervt guckst du nur bei ihm." Sie startet grinsend den Motor. „Kleiner Tipp: Du solltest anfangen, ihn zu mögen."

„Warum?"

„Ist der beste Weg, ihn zu loszuwerden. Mädchen, die ihn mögen, interessieren ihn nicht."

„Gut zu wissen", antworte ich. „Aber vielleicht hängst du den Tipp besser gleich ans Schwarze Brett."

Hätte Sophie, Carmen und Pia einen Haufen Tränen erspart.

Dass ich in Kunst hochgestuft werde, von der 11. Klasse in den Abschlussjahrgang, hat mir meine Lehrerin gestern mitgeteilt und mich auch gleich ihrem Kollegen Mr Kox vorgestellt. Er ist nicht nur einer der beliebtesten Lehrer an der Crescent Heights High School, sondern soll in Kunst der beste sein.

„Nervös?", fragt er mich, als wir uns am Ende der Pause vor seinem Raum treffen.

„Schon", gebe ich zu.

„Musst du nicht. Deine Arbeiten sind hervorragend. Und mein Kurs ist ..." Auf seinen Lippen erscheint ein Schmunzeln. „Er ist äußerst lebhaft, aber beißen tut von denen keiner."

„Sicher?" Meine zweifelnde Nachfrage geht in dem Lärm unter, der uns aus dem Kunstraum entgegenschallt. Doch er verebbt schlagartig, als Mr Kox die Tür aufzieht. Alle Köpfe drehen sich zu uns um. Auch Tyrons. Er sitzt am Fenster und fällt beinahe mit seinem kippelnden Stuhl um, als er mich sieht.

Mr Kox stellt mich kurz vor und sieht sich dann gleich nach einem freien Stuhl für mich um.

„Sie kann gern zu mir kommen."

Mein Blick fliegt zur Seite. Gordon? Tyrons bester Kumpel und mit ihm einer der Rockstars der Crescent Heights.

„Sehr freundlich von dir, Gordon. Aber dass du allein am Tisch sitzt, hat einen Grund, nicht wahr?" Mr Kox sieht ihn mit hochgezogener Augenbraue an. „Und die Strafe ist noch nicht abgesessen."

„Ich weiß!" Niedergeschmettert senkt Gordon den Kopf, nur um ihn mit einem fetten Grinsen sofort wieder zu heben. „Aber so eine Bewährungshilfe wäre schon nett, oder?"

Der Kurs lacht – bis auf Tyron. Er verzieht keine Miene, starrt nur vor sich auf die Tischplatte.

Als ich tatsächlich die Erlaubnis erhalte, mich neben Gordon zu setzen (probeweise!), und an Tyrons Tisch vorbeigehe, schaut er plötzlich hoch. Seinen Blick so eindringlich auf mich gerichtet, dass die Botschaft dahinter gar nicht misszuverstehen ist: *Mach das nicht!*

Meine Botschaft scheint er auch nicht misszuverstehen: *Du hast mir gar nichts zu sagen.* Denn er zuckt nur mit den Schultern und sieht gelangweilt weg.

Aufgabe der Stunde ist eine Zeichnung mit Bleistift oder Kohle. Ein Festival. Der Morgen danach. Du schaust auf die Wiese, überall Müll.

„Warst du überhaupt schon mal auf so was?" Gordons blaue Augen funkeln mich herausfordernd an.

„Viermal. WACKEN. Mit meinem Vater. Kannste ja mal googeln."

Das mit dem Googeln war eigentlich nicht ernst gemeint.

Doch er macht es tatsächlich, und sein Erstaunen ist für mich mein ganz persönliches Festival.

Ich hab die Szene gleich vor mir und beginne sie zu skizzieren. Der Blick aus einem Zelt, an den Seiten ist der Reißverschluss zu sehen, auf dem Rasen liegen umgekippte Stühle, überall Bierdosen und plattgetretene Pommesschalen. Ich bin so ins Zeichnen vertieft, dass ich hochschrecke, als ich hinter mir plötzlich Mr Kox höre. „Das ist ja interessant."

„Wie bitte?", frage ich und drehe mich zu ihm um. Doch als Antwort erhalte ich nur die Aufforderung, ihm zu folgen. Mit meinem Bild. „Und ihr anderen unterbrecht kurz eure Arbeit und kommt nach vorne. Du, Tyron, auch mit deinem Bild, bitte."

Erst als meine und seine Zeichnung nebeneinander an der Tafel hängen, verstehe ich, was Mr Kox mit „interessant" gemeint hat. Tyron und ich haben beinahe dasselbe aufs Papier gebracht. Der Blick aus einem Zelt, im Hintergrund die Bühne. Nur er mit Kohle, ich mit Bleistift.

„Seht ihr das?" Mr Kox strahlt uns an. „Das ist es, was ich an der Kunst so liebe. Die beiden Bilder sind fast identisch und doch so anders. Und das liegt nicht nur an den unterschiedlichen Materialien, mit denen hier gearbeitet wurde. Sondern an dem unterschiedlich ausgeprägten Talent der beiden. Tyron, der Minimalist. Ein Schwung nur, eine kleine Linie, und du landest jedes Mal einen Treffer. Und du, Charlie? Detailverliebt. Bis ins Kleinste. Seht ihr hier den winzigen, verbogenen Haken im Reißverschluss? Ich spüre förmlich, wie er genau an dieser Stelle beim Zumachen hakt. Ihr nicht?"

Der Kurs nickt, fast andächtig. Ich aber spähe zu Tyron, unsere Blicke begegnen sich, und zum ersten Mal sehe ich ihn lächeln. Absolut offen und … anerkennend.

Dass ich schlecht geschlafen habe, spüre ich. *Wie* schlecht ich geschlafen habe, verrät mir mein Spiegelbild im Bad eindrucksvoll. Mein Gesicht hebt sich kaum von den weißen Wandfliesen im Hintergrund ab. Ich dusche schnell und versuche, mit ein bisschen Rouge etwas mehr Leben auf meine Wangen zu zaubern. Mir reicht es, dass ich allein bei dem Gedanken, Tyron gleich wiederzusehen, innerlich sterbe, da muss ich nicht auch noch wie eine wandelnde Leiche aussehen.

Unten höre ich schon Stimmen, und als ich vorsichtig auf die Galerie trete, sehe ich, dass alle bereits am Frühstückstisch sitzen. Alle – bis auf Tyron und Cassy.

„Guten Morgen, Charlie!" Beth winkt mir gut gelaunt entgegen, Jamie hat gleich einen Kaffee für mich und Todd bietet mir auf seine mürrisch liebevolle Art den Stuhl neben sich an. Mir gegenüber sind zwei Plätze leer, und als Winni meinen Blick bemerkt, erzählt sie mir voller Überschwang, dass Tyron überraschend doch da ist. „Mit irgendeiner Neuen."

„Ach echt?" Ich versuche, mich überrascht zu geben, nehme mir die Packung Frühstücks-Loops und lasse die bunten Ringe in mein Schälchen rieseln. Auch wenn ich mir nicht sicher bin, wie ich sie gleich runterbekommen soll.

„Guten Morgen!" Seine Stimme lässt mich zusammenzucken, und ich spüre, wie sich augenblicklich mein Herz wegduckt. Zum Glück sorgt sein Erscheinen am Tisch für einen solchen Wirbel, dass mich niemand groß beachtet. Ich stehe zwar auch auf, halte mich aber im Hintergrund auf und kann ungestört beobachten, wie er jeden herzlich in seine Arme schließt.

Tyron ist um einiges größer geworden, seine Schultern breiter. Auf seinen Wangen liegt ein Bartschatten, der dort vor vier Jahren definitiv noch nicht gewesen ist. Den hätte ich gespürt. Allein der Gedanke treibt mir Hitze ins Gesicht, die sich verstärkt, als er mich plötzlich ansieht. Mit seinen graublauen Augen, in denen ich jeden noch so kleinen Farbschimmer wiederkenne.

„Charlie!" Er mustert mich kurz. Kein Lächeln? Nicht mal ein Grinsen?

„Hi, Tyron! Schön, dich zu sehen." Ich schaffe es, meine Stimme freundlich klingen zu lassen, verschlucke mich aber beinahe an meinem Atem, als er auch mich zur Begrüßung in den Arm nimmt.

Die plötzliche Nähe zu ihm lässt alles in mir verstummen. Selbst mein Herz horcht auf, nur um dann davonzujagen. Seine Hände auf meinem Rücken, meine an seiner Taille, es fühlt sich so vertraut an, dass alles sofort wieder da ist. Das sehnsuchtsvolle Ziehen in meinem Magen, das beinahe schmerzhafte Verlangen nach mehr. Ich muss mich regelrecht zwingen, ihn wieder freizugeben.

Tyron hingegen wirkt völlig ungerührt. Er wendet sich ab und wuschelt Winni im Vorbeigehen durch die Haare, bis er bei Cassy ist. Den Arm um ihre Schultern gelegt, stellt er sie jedem vor. Sie lacht dabei – zu viel für meinen Geschmack.

Tyron setzt sich auf den Stuhl mir direkt gegenüber. Dabei kommen sich unter dem Tisch unsere Füße kurz in die Quere, aber nicht einmal das bringt ihn auch nur ansatzweise aus dem Konzept.

Er plaudert mit Grandpa Todd, auch mit Winni, und obwohl ich genau zwischen den beiden sitze, schafft er es, mich komplett zu ignorieren. Ich bin also wieder Nobody.

Wut keimt in mir auf, aber nicht auf ihn, sondern auf mich. Was hab ich denn erwartet? Einen reuevollen Tyron? Da ich nicht weiß, wohin mit meiner Wut, schlucke ich sie zusammen mit den bunten Loops hinunter, wie immer streng nach Farben sortiert.

„Hat das ein System oder du einen Knall?" Cassys helle Stimme lässt mich hochschrecken, doch sie meint nicht mich, sondern Tyron. Auch in seinem Schälchen häufen sich bunte Loops, auf seinem Löffel hingegen nur grüne. Er macht das auch noch immer?

Die Farbkreislehre nach Goethe und Itten. Wir haben sie uns mithilfe der kleinen Ringe reingeprügelt.

„Beides", antwortet Tyron trocken, doch zum ersten Mal gerät seine lässige Miene ins Wanken und sein Blick flackert zu mir. Es fühlt sich wie ein kleiner Sieg an, der allerdings sehr schnell versiegt, als Beth ihn fragt, wann er denn einchecken will.

„Wir fahren gleich in den Ort und fragen nach, ob unser Zimmer schon frei ist." *Zimmer?* Die Loops in meinem Mund vereinen sich zu einem fetten Klumpen.

Er fährt also doch nicht ab, er bleibt. Cassy auch. In einem Hotel in Banff.

„Das trifft sich gut", sagt Beth. „Dann könnt ihr Charlie mit in die Stadt nehmen. Sie braucht noch Skier und Schlittschuhe." Na super! Ein Ausflug mit den beiden – einen besseren Start in den Tag hätte ich mir nicht vorstellen können, doch kurze Zeit später sitze ich mit den beiden tatsächlich im Auto.

„Fährst du nur Ski oder auch Snowboard?", fragt mich Cassy vom Beifahrersitz aus.

„Ähm … Ski! Ich hab Snowboard mal ausprobiert, aber das war nichts für mich."

Über den Rückspiegel sehe ich, wie Tyron mit den Schneidezähnen an seinen Lippen knabbert.

„Echt?", hakt Cassy nach. „Na ja, das braucht ja auch ein wenig Zeit und Übung."

„Oh, ich hatte vier Tage Zeit. Und auch einen Lehrer. Aber der war, na ja …" Ich zögere kurz, als ich sehe, wie Tyrons Lippen sich öffnen, beende den Satz aber trotzdem. „Also der war wirklich grottenschlecht."

„Ach, wie blöd. Warum hast du es ihr denn nicht beigebracht, Tyron? Du kannst …"

„Cassy!", unterbricht er sie.

„Was denn? Du bist doch wirklich ein guter …"

„Ich *war* ihr Lehrer."

„Ach so …"

An der Lehne vorbei sehe ich, wie sie beginnt, mit ihren makellos lackierten Fingernägeln zu spielen. Weil sie begreift, dass Tyron und ich doch eine Geschichte haben?

„Charlie ist, was Snowboard angeht, absolut talentfrei", stellt er fest. Zum ersten Mal erscheinen seine Augen im Rückspiegel. Und täusche ich mich, oder liegt tatsächlich ein warnendes Funkeln in ihnen?

In der Skiwoche um Ostern herum haben Tyron und ich uns mehr im Schnee gekugelt, als auf den Brettern gestanden. Ich höre noch unser Lachen, spüre seine Hände an meiner Taille. Die mich eigentlich stützen sollten, dann aber einen anderen Weg eingeschlagen haben.

Mitten auf der Piste haben wir uns das erste Mal geküsst.

Ich wüsste gern, ob der Schnee
die Bäume und die Felder liebt,
wo er sie so zärtlich küsst.

Lewis Carroll

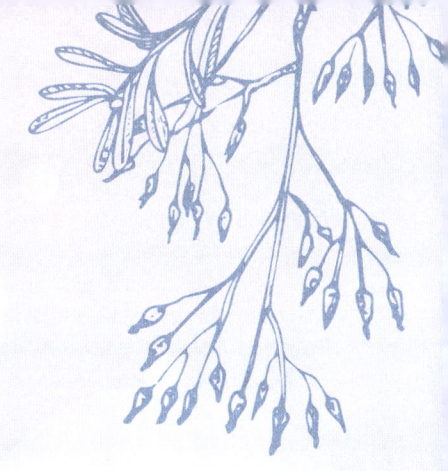

„Ja, die passen gut." Ich bewege meine Zehen in den Schlittschuhen und schaue zu dem Mann hoch, der sich seit mehr als einer halben Stunde geduldig um mich kümmert. Nachdem ich eine Stunde darauf gewartet habe, überhaupt dranzukommen. So kurz vor den Feiertagen ist hier die Hölle los. „Gut, dann schreib ich alles auf die Rechnung der Callahans. Und du bringst die Sachen zurück, wenn sie nicht mehr benötigt werden."

Sachen bedeutet: Skier, Skistöcke, Helm, Skischuhe, Skibrille und jetzt noch die Schlittschuhe.

Ich weiß gar nicht, wie ich es mit dem ganzen Kram rausschaffe, und bin nass geschwitzt, als ich die Tür hinter mir zuziehe. Und jetzt?

Tyron meinte, er würde mich hier wieder einsammeln, nur hat er blöderweise nicht gesagt, wann.

Ich blinzle gegen die Sonne, die Banff heute unter einem wolkenlos blauen Himmel erstrahlen lässt.

Winter Wonderland. Die Stadt ist zauberhaft schön mit ihren tief verschneiten Holzhäusern, den vielen Cafés und kleinen Läden, hinter denen sich die Rocky Mountains wie weiße Riesen erheben. Ich würde mir Banff echt gern ansehen, gemütlich durch die Straßen schlendern, die Geschäfte erkunden – aber nicht mit dem ganzen Gepäck. Vor dem Skiverleih zu warten ist aber auch keine Option, ich stehe hier ziemlich im Weg rum, außerdem krieg ich kalte Füße. Also schultere ich meine Ausrüstung, in der Hoffnung, das Hotel zu finden, in dem Cassy und Tyron abgestiegen sind. Irgendwo muss doch sein Pick-up stehen. Ich suche die Parkplätze vor den noblen Herbergen ab und entdecke Tyrons Wagen tatsächlich vor einer eleganten Lodge. Laut Reklametafel mit Sauna und Schwimmbad. Na bitte!

Vorsichtig lehne ich die Skier und Stöcke gegen den Pick-up, stelle den Rest meiner Sachen davor ab und betrete die Eingangshalle der Lodge. Von hier aus habe ich den Parkplatz im Blick, sollte jemand auf die Idee kommen, mir was klauen zu wollen, und kann mir gleichzeitig einen Kaffee bestellen. Der Sessel direkt am Fenster ist so bequem, dass ich Sorge habe, in ihm einzuschlafen, daher schnappe ich mir eine der Zeitungen und lese mich durch den neuesten Klatsch und Tratsch, den Alberta zu bieten hat.

Der Aufzug plingt immer wieder, und jedes Mal schaue ich auf. Nach 18-mal „Pling" sind sie es dann endlich. Lachend und ineinander verschlungen tauchen sie in der Lobby auf. Cassys Wangen sind gerötet, und auch Tyron sieht so ... so satt aus, dass klar ist, Zeitung gelesen haben die beiden definitiv nicht.

„Oh, du bist hier!" Cassy entdeckt mich als Erste und schmiegt sich gleich noch enger an Tyron.

„Na ja, mit dem Gepäck war ein Stadtbummel schlecht möglich. Und vor dem Skiverleih rumstehen wird nach einer Weile langweilig."

Tyron murmelt irgendeine Entschuldigung, hilft mir am Pick-up dann aber wenigstens, meine Sachen zu verstauen.

Am Chalet angekommen erwartet uns eine Szene wie aus einem Weihnachtsbilderbuch. Ein beinahe fertiggestellter Schneemann steht zwischen den weiß behangenen Tannen, neben ihm völlig eingemummelt die Zwillinge Sarah und Evan. Wie alt sind sie jetzt? Acht? Neun?

Sie werfen Tyron vor Freude beinahe um und stürmen dann gleich auf mich zu. „Charliiiie!"

Vier Jahre ist es her und doch wie früher. Sarah hängt sich fest an meine Taille, während Evan meine Hand schnappt und mich zum Schneemann zieht.

Da Cassy nicht am Schneemann mitbauen möchte, ist sie schnell unspannend für die Kleinen, und auch ihr Versuch, Tyron zu überreden, mit ihr ins Chalet zu gehen, scheitert.

„Ne, ich bleib hier. Aber du kannst uns einen Topf holen, ja? Und eine Karotte!", ruft er ihr hinterher, bevor er mir hilft, passende Steine zu suchen, die man als Knöpfe benutzen kann.

„Grottenschlecht also, Charlie?", fragt er mich unvermittelt.

„Hm?" Auch wenn es in meinem Magen zu kribbeln beginnt, gebe ich mich unwissend und schaue, auf dem Boden hockend, zu ihm hoch.

„Auf der Piste! Du hast gesagt, ich sei grottenschlecht gewesen. Und hättest jetzt noch die Chance, das Wort zurückzunehmen."

„Ach ja?" Ich stehe auf und wage mich einen Schritt auf ihn zu. „Du hast recht. Ich tausche es lieber aus. Gegen ... echt scheiße."

Unglaube und Empörung. Diese Mischung steht seinem Lächeln so gut, dass mir unter meinem Schal ganz warm wird.

Seine Augen ruhen auf mir, unablässig, und ich ... ich krieg das mit dem Atmen nicht mehr richtig hin. Dann aber geht alles ganz schnell. Tyron hebt seinen Arm und zieht kräftig an dem Tannenzweig über mir. Eine riesige Ladung Schnee bricht herunter, und ich sehe nur noch weiß, als mich die Schneemassen verschlucken.

„Na warte!" Nur mühsam schaffe ich es, mich auszugraben, höre sein Lachen und greife neben mir in den Schnee.

Ich will ihm gerade das Lachen zustopfen, als ich an Tyrons Schulter vorbei eine Bewegung auf der Veranda wahrnehme. Cassy kommt aus dem Haus. Ganz brav mit Topf und Karotte. Dass ihr nicht gefällt, was sie sieht, zeigen ihre zusammengekniffenen Augen, und ich lasse den Schnee in meiner Hand zurück auf den Boden rieseln.

„Ich würde sagen, wir sind quitt, oder?", fragt Tyron mich, noch immer lachend.

„Im Leben nicht." Meine Antwort klingt gequält, denn nasskalter Schneematsch rutscht mir unter meinem Shirt den Rücken hinunter. „Das ist höchstens eine kurze Waffenruhe, mein Lieber!", warne ich ihn. Und weiß doch, dass wir damit aufhören müssen.

Dass *ich* damit aufhören muss.

Tyron geht mir noch immer unter die Haut. Sein Lachen, das freche Glitzern in seinen Augen, die Art, wie er mich ansieht. Oder auch nur meinen Namen ausspricht.

Aber: Er ist ein Idiot. Ein Idiot, der jetzt zu Cassy gehört. Nicht mehr zu mir.

Wobei sich die Frage stellt, ob die Worte *nicht mehr* je gestimmt haben.

Frischer Apfelkuchen und Kakao. Mit Tellern und Tassen ausgestattet sitzen wir alle in großer Runde vor dem Kamin. Evan liegt bei mir auf dem flauschigen Teppich. Seine Eltern, Tante Chloe und Onkel Samuel, teilen sich den Sessel neben uns. Da taucht Sarah plötzlich vor uns auf, mit einer Staffelei und einer Handvoll Stifte.

„Wir spielen *Montagsmaler*. Und du, Charlie, und Tyron, ihr müsst wie früher malen."

An meiner guten Laune hatte ich echt gearbeitet. Sarahs Vorschlag aber lässt sie wie eine Seifenblase zerplatzen.

Ich drehe mich zu Tyron um, in der Hoffnung, dass er irgendetwas anderes vorschlägt, damit wir das nicht tun müssen. Voreinander zeichnen! Doch auch die Hoffnung zerplatzt, denn hinter mir wird bereits fleißig die Gruppeneinteilung diskutiert.

Ich zwinge mir ein Lächeln auf die Lippen und stehe auf. Ich bin mit Todd, Jamie, Brian, Winni und Evan in einer Gruppe. Sarah hat sich natürlich für Tyron entschieden, ihren absoluten Helden, und schiebt Cassy gnadenlos von seinem Schoß.

„Na, dann mal her mit einem Begriff." Tyron nimmt sich einen von Sarahs Filzmalern und rückt die Staffelei zurecht. Ich will nicht hinschauen, kann aber auch nicht wegschauen.

Tyron umgibt beim Zeichnen immer etwas Magisches. Etwas, das mich völlig in seinen Bann zieht – so wie jetzt. Den Stift bereits zwischen den Fingern, wandert seine Hand über das Papier, ohne dass auch nur eine Linie entsteht. Tyron zeichnet immer erst im Kopf. Und ich kann zusehen, wie dabei alles von ihm abfällt. Sein Gesicht entspannt sich, alles Lässige verschwindet, für ihn gibt es nur noch das Papier und seine Vorstellung. Bis er sie mit seinem gekonnten Schwung in ein Bild übersetzt. In diesen Tyron habe ich mich damals verliebt, und ich spüre, wie sich mein Herz erinnert.

„Skifahren. Snowboard. Schlittenfahren." Beth und Sarah geben wirklich alles, doch letztlich hat es Cassy als Erste. „Eishockey."

Dann bin ich mit Malen dran, und meine Knie werden weich, als ich mich vor die Staffelei stelle – Tyrons Blick im Rücken.

„Eine Kirche?", ruft Evan.

„Fast", flüstere ich verbotenerweise.

„Klappe halten, Charlie! Sonst gibt es Punktabzug." Tyrons Schadenfreude, sein fieses Grinsen in meine Richtung, treibt mich an, alles zu geben. Ich ergänze schnell noch einen Kelch, ein Stück Brot, und Todd hat es endlich. „Abendmahl!"

Es scheint, als wären die Begriffe gegen uns. Wir liegen punktemäßig hinten, bis Tyron an seinem letzten Bild plötzlich zu scheitern droht. Ich erkenne es recht schnell, ein Mistelzweig. Und sofort fliegen meine Gedanken zu dem Abend zurück, an dem wir beide unser Kriegsbeil begraben haben. Auch Tyron scheint sich zu erinnern, denn ganz kurz schließt er seine Augen, bevor er zu mir schaut.

Ja, er muss die gleichen Bilder vor sich haben. Er, ziemlich angetrunken bei sich im Zimmer. Und ich, die versucht, seine Zeichnung noch irgendwie zu retten. Wir waren uns so nah, haben ...

„Machst du mal weiter?", fordert ihn Cassy mit gereiztem Ton auf.

„Ist nicht einfach." Es klingt ein wenig rau und er muss sich räuspern.

Chloe errät es als Erste, und so fährt seine Gruppe tatsächlich den Sieg ein.

Ich gebe mich enttäuscht, lache über Todds Gemotze, hänge aber irgendwie noch fest.

Bei uns – damals.

Um mich herum wird über die nächsten Tage gesprochen, Winni erzählt, wie sehr sie sich auf Jeff freut, doch ich komme erst zu mir, als plötzlich mein Name fällt. Cassy spricht ihn aus.

„Und Charlie? Was ist mit dir? Hast du niemanden sonst, mit dem du Weihnachten feiern könntest?"

Im Raum ist es plötzlich still. Mir sackt das Herz weg. Mit so einem Frontalangriff habe ich nicht gerechnet. Ich sehe, wie Tyron ihr seine Hand entzieht, wie Todd sie ungläubig anstarrt. Und weiß nicht, was ich sagen soll. Ihr erzählen, dass meine Mum nicht mehr da ist, weil ihr das Chaos bei uns zu Hause zu viel war? Dass mein Vater eigentlich nur rumreist? Und mein Freund mich verlassen hat?

„Eine ziemlich direkte Frage, Cassy", spricht Winni aus, was wohl alle denken. „Aber mach dir mal keine Sorgen, es gibt da nämlich jemanden. Schon seit zwei Jahren, nicht wahr, Charlie?"

Mein Gesicht glüht mittlerweile, und ich krieg sie nicht raus, die bittere Wahrheit, stattdessen erzähle ich von Philipp. Und seinem vollen Terminkalender. „Er ist Arzt im Praktikum und hat über Weihnachten nicht frei. Deshalb hat er mich fliegen lassen und … ja, wir feiern dann zusammen nach." Ich füh-

le mich so verloren in der Lüge, dass ich Philipp zum ersten Mal vermisse. Denn genau so hätte es sein können.

„Ähm, ich hab übrigens eine Idee, wie wir alle Wünsche für die nächsten Tage zusammenbringen können", versucht Beth ziemlich abrupt, die Stimmung wieder einzufangen. Sie stellt eine Glasvase auf den Tisch und beginnt, kleine Streifen vom Malpapier abzureißen. „Jeder schreibt auf, was er gern machen möchte. Die Wünsche kommen hier rein und jeden Tag ziehen wir einen. Was meint ihr?"

Cassy hat sich schon ein Streifen genommen, überlegt aber noch und trommelt mit ihren langen Fingernägeln auf der Tischplatte rum. In dem Moment weiß ich es: Bowling! Ist zwar fies. Doch immerhin war sie es vorhin, die mich … Ich fange Tyrons Blick auf und fühle mich augenblicklich ertappt. Mit hochgezogener Augenbraue schüttelt er kaum wahrnehmbar den Kopf, so als würde er mir sagen wollen: *Nicht dein Ernst, Charlie.*

Oh doch!, gebe ich ihm zu verstehen und beginne zu schreiben. Hoffentlich gibt es hier überhaupt eine Bowlinghalle. Sein Nicken, als unsere Blicke sich erneut treffen, untermauert meine Hoffnung und ich kann mir ein zufriedenes Lächeln nicht verkneifen.

Challenge accepted, signalisiert mir das Blitzen seiner Augen. Und es würde sicher eine spannende werden, schließlich wissen wir beide, wie gut wir im Bowlen sind. Allerdings irritiert es mich, wie gut wir noch immer in etwas anderem sind.

Wir können miteinander reden –
allein durch Blicke.

10

Vor vier Jahren

Ich werde wach, weil jemand hier rumpoltert. Und das um ein Uhr in der Nacht? Beth und Jamie sind weg, Winni ist schon vor mir ins Bett. Wer um Himmelswillen ...

Ein erneutes Rumpeln lässt mich zusammenzucken.

„Shit!", höre ich jemanden fluchen. Ist das etwa Tyron?

Ich schäle mich aus dem Bett und spähe in den Flur. Eine Gestalt liegt auf der Treppe, ziemlich zusammengekauert, und doch erkenne ich die Turnschuhe.

„Tyron? Was machst du hier?"

„Hä?" Er richtet sich auf. Das Licht der Straßenlaterne fällt durch das Flurfenster, und ich kann sehen, wie glasig seine Augen sind.

Trotz Hausarrest war er also feiern.

„Nobody!", begrüßt er mich nuschelnd, bevor er plötzlich zu singen beginnt: *Nobody knows the trouble I've seen. Nobody ...*"

„*... knows but Jesus*", vervollständige ich die Textzeile. „Richtig, nur bin ich nicht Jesus."

„Ne." Tyron lacht auf, so süß, dass ich gar nicht anders kann als mitzulachen.

„Was machst du hier?", wiederhole ich meine Frage.

„Ich muss ... ich muss schlafen."

„Ja, das scheint mir auch so. Nur schläfst du drüben. Schon vergessen?"

„Drüben ..." Tyron runzelt die Stirn und fährt sich mit der Hand durch seine verstrubbelten Haare. „Stimmt ja! Bei Gefängniswärterin Abigail."

Sein Versuch, sich am Geländer hochzuziehen, scheitert und

hätte ich ihn nicht festgehalten, wäre er wohl erneut gestürzt.

„Ich mag das." Er sieht auf meine Hände an seiner Taille und ein Lächeln schleicht sich auf seine Lippen. „Ja. Ich mag das. Und ich mag Nobody."

„Genau. Sicher. Und bist total betrunken."

„Möglicherweise", nuschelt er, setzt sich dann aber langsam in Bewegung, sodass wir es ohne weiteren Zwischenfall bis nach unten schaffen.

„Sind noch Loops da?" In der Küche angekommen, will er gleich zum Vorratsschrank abbiegen, doch ich schubse ihn weiter. „'ne Aspirin und ein Glas Wasser kriegst du noch. Aber sicher nicht meine Loops."

„Du bist auch 'ne Wärterin, oder? Alle sind hier Wärterinnen. Und Wärter ...", schimpft er vor sich hin, lässt sich aber von mir weiterschubsen, bis wir drüben sind.

„Jetzt mach leise, sonst gibt's sicher richtig Ärger." Ich mag Abigail, auch wenn sie äußerst strenge Regeln hat. Gerade für Tyron, der ständig querschießt.

Um in sein Zimmer zu kommen, müssen wir zum Glück keine Treppe mehr schaffen. Es liegt im Erdgeschoss, direkt neben Jadens. Abigails Sohn, der unter der Woche im Sportinternat ist.

Ich lasse mir erklären, wo ich eine Kopfschmerztablette herbekomme, und hole aus der Küche ein Glas Wasser. Als ich zurück in Tyrons Zimmer komme, liegt er ausgestreckt auf dem Bett, die Augen geschlossen, und doch weiß ich, dass er nicht schläft. Denn seine Hand klopft auf den freien Platz neben sich.

„Vergiss es!" Meine Stimme klingt entschiedener, als ich es

bin. Zu verlockend ist die Aussicht, mich einfach neben ihn
zu legen. Mich an ihn zu ...

„Du willst es aber schon, oder?"

„Was ich will, ist, dass du jetzt deine Aspirin schluckst und
dann die Klappe hältst."

Seine Mundwinkel zucken, ein wenig nur, bevor er die Augen öffnet. „Und wie machen wir das jetzt? Muss ich dazu
aufstehen oder setzt du dich wenigstens zu mir?"

Auf die Bettkante – höchstens! Ich schiebe mit dem Fuß das
Chaos auf dem Boden zur Seite, stutze dann aber. „Ist das ... ist
das dein Bild? Das, was du morgen, äh ... heute abgeben musst?"

Der Mistelzweig. Nur ist von ihm noch erstaunlich wenig zu
sehen. Der nackte Zweig, ein paar Blätter, kaum eine Beere.

„Ich kann das nicht. Außerdem mag ich keinen Mistelzweig."

„Das erste stimmt nicht, das zweite spielt keine Rolle. Aber
wenn du das Bild morgen nicht abgibst, dann ..."

„... gibt's Ärger, ich weiß."

„Hast du davon nicht grad schon genug?"

Stöhnend schließt er wieder die Augen. „Ärger ist quasi mein
zweiter Vorname. Dafür kann ich also nichts."

Ich nehme sein Bild vom Boden. Der Anfang ist eigentlich
gut, bis auf die kleinen Beeren, die von der Größe her nicht
stimmen. Und auch nicht richtig schattiert sind. Mit dem
Rest könnte man weiterarbeiten. Warum ich das dann tat-
sächliche mache, weiß ich nicht. Tyron verdient es nicht,
immerhin lässt er keine Gelegenheit aus, mir zu zeigen, wie
langweilig und überflüssig ich bin. Und doch setze ich mich
an seinen Schreibtisch und zeichne mit nur angedeuteten
Strichen das Bild zu Ende.

Es ist so still im Zimmer, dass ich dachte,
Tyron wäre schon eingeschlafen, doch
dann höre ich plötzlich seine Stimme.

„Ich hab dein Bild letzte Stunde schon
gesehen. Und es ist ... Verdammt, Charlie,
du bist so gut!"

Ich verkneife mir ein Lächeln, drehe mich
auch nicht zu ihm um, freu mich aber total über
sein Lob. „Du auch, Tyron. Deswegen verstehe ich auch
nicht, was du hier gemacht hast."

„Ich zeichne nur das, was ich mag. Und Zweige mit Beeren
gehören nicht dazu."

„Verstehe. Könnte nur Mr Kox nicht gefallen." Ich will das
Bild mit ein wenig Abstand betrachten, da protestiert Tyron.

„Nein! Nicht bewegen, Charlie."

„Warum?" Vorsichtig spähe ich über die Schulter zu ihm. Er
liegt gar nicht mehr auf dem Bett, sondern sitzt am Kopfen-
de, den Rücken an die Wand gelehnt. Seine Augen wirken
noch immer ein wenig glasig, doch der Block auf seinen an-
gewinkelten Knien und der Bleistift in seiner Hand verraten
mir, dass auch er gerade zeichnet.

Mahnend sehe ich ihn an. „Ich hoffe, das wird ein Mistelzweig, dann kann ich hier nämlich aufhören."

„Nein", sagt er, ohne aufzusehen. „Das wird eine Charlie."

In meinem Magen funkelt es auf, so als hätte dort jemand
eine Wunderkerze entzündet.

Tyron zeichnet nur das, was er mag. Und das bedeutet: Es
stimmt wirklich? Er ... er mag mich?

In meine dicksten Winterklamotten gehüllt und mit meinen Schlittschuhen auf dem Schoß sitze ich auf der Veranda im Schaukelstuhl. Chloe und Samuel laufen lächelnd an mir vorbei und biegen in den freigeräumten Trampelpfad ein, der zum Schuppen führt. Die beiden halten Händchen. Wie vor ihnen schon Jamie und Beth. Und ... na klar: auch Tyron und Cassy, die gerade aus dem Jeep gestiegen sind und den anderen folgen.

Ich bin umgeben von Pärchen. Und in meiner Hand? Liegt nur mein Handy. Von dessen Bildschirm mir wenigstens eine fröhliche Fiona entgegenlächelt. „Er ist da, oder?"

„Ja, gerade angekommen. Warte!" Ich halte mein Handy höher und stelle die Kamera um.

„Ach du Scheiße! *Das* ist Tyron? Okay, also jetzt verstehe ich deine gedanklichen Entgleisungen."

„Mann, Fiona!" Ihre Begeisterung ist so laut, dass ich befürchte, alle könnten sie hören. Trotzdem muss ich gegen meinen Willen lachen, als ich auf dem Bildschirm ihr anzügliches Grinsen sehe.

Ich hätte ihr definitiv nichts von meinem Traum heute Nacht erzählen dürfen, von dem ich jetzt noch rote Ohren kriege. „Blöderweise hat er aber zwei Schwachstellen."

„Und die wären?"

„Er ist ein Idiot. Und er hat eine Freundin."

„Zu Punkt eins müsstet ihr vielleicht mal reden. Und was diese Cassy betrifft, weißt du doch gar nicht, was da zwischen ihnen läuft. Immerhin kannte sie bisher keiner."

„Ja, aber ..."

„Charlie!", ruft Tyron mich genervt. „Schönen Gruß an Philipp, aber du wirst hier jetzt gebraucht."

Philipp? Er denkt, ich telefoniere mit meinem Freund?

Gut so. Ich verabschiede mich von Fiona, lächle dabei extra ein wenig verträumt und schultere meine Schlittschuhe.

„Na endlich." Tyron übergibt mir am Schuppen den letzten Besen und setzt sich dann neben mich auf die kleine Holzbank, um sich seine Schlittschuhe anzuziehen. Riesige Hockey-Dinger. Aber genau das wird ja hier auf dem zugefrorenen See auch gespielt. Besen-Hockey. Mit einem Tennisball als Puck.

„Vielleicht nicht ganz die richtigen?", kommentiert er meine weißen Schlittschuhe.

„Mag sein. Aber mit denen kann ich wenigstens bremsen. Was auch für euch von Vorteil sein dürfte."

Ein Lächeln schleicht sich auf seine Lippen und er murmelt noch irgendwas von „talentfrei", bevor er losstapft. Ein wenig wackelig folge ich ihm zum See. Er ist viel größer, als ich gedacht habe, und liegt einfach malerisch da, von hohen Tannen umsäumt, deren schneebedeckte Zweige in der Sonne glitzern.

Auch auf dem See liegt noch Schnee, den wir alle zusammen mit unseren Besen vom Eis schieben, um eine freie Fläche zum Spielen zu haben. Vier Holzkisten werden aufgestellt, die jeweils zu zweit ein Tor markieren. Eines bezieht sofort Todd, in das andere stellt sich Winni.

Ich ziehe ein paar Kreise, um sicherer zu werden, und genieße dabei den Fahrtwind, der mein Gesicht vor Kälte zum Glühen bringt. Evan gesellt sich erst jetzt zu uns, und ich muss mir ein Lächeln verkneifen, als ich ihn in seiner vollen Eishockey-Montur sehe. Doch ihn im Team zu haben, ist ein absoluter Gewinn, denn er ist verdammt gut. Seine Überhol- und Bremsmanöver können mit Tyrons mithalten. Meine hingegen weniger. Ich kann zwar ganz gut laufen, bringe aber mit meinem Besen ständig jemanden zu Fall. Niemand beklagt sich groß – bis auf Cassy. Dabei lande ich bei unserem Zusammenprall ebenfalls auf dem Boden.

„Sag mal, geht's noch?", pampt sie mich an, noch bevor ich mein „Sorry" auspacken kann. „Machst du das mit Absicht?"

„Das macht sie sicher nicht." Tyron bückt sich, um ihr aufzuhelfen. „Bei Charlie ist das so wie beim Snowboard. Ihre Füße fahren selten dahin, wo der Rest ihres Körpers hinwill. Aber ... bei euch beiden alles okay?" Er streicht ihr über die Mütze, dann wandert sein Blick auf ihr Nicken hin zu mir. Und ... täusche ich mich oder liegt tatsächlich Besorgnis in ihm?

„Ja, ja", antworte ich und versuche, meine Beine zu sortieren. Dass nun Krieg zwischen Cassy und mir herrscht, zeigt sie mir im weiteren Spielverlauf eindrucksvoll. Sie ist überall da, wo ich bin, drängt mich ab oder schmeißt sich mit vollem Einsatz in meine Pässe. Die sowieso nie wirklich ankommen. Eigentlich kann ich ganz gut Schlittschuh laufen, nur ist Eishockey was anderes und hier Nationalsport. Jeder scheint ihn zu beherrschen. Das Team um Tyron gewinnt mit drei Toren Abstand, lässt sich aber noch zu einem Penalty-Schießen überreden, vor dem sich Beth und Chloe allerdings verabschieden, um das Abendessen vorzubereiten.

Wie gut Evan mit seinen neun Jahren schon ist, zeigt er auf beeindruckende Weise. Todd hat zwischen seinen beiden Holzkästen keine Chance. Was wiederum meine Fehlversuche super ausgleicht. Wir liegen tatsächlich mit einem Tor in Führung und brauchen nur noch einen Treffer, sollte Cassy jetzt danebenschießen. Ihr Tennisball kommt mit ziemlich viel Druck angeflogen, doch Winni legt eine Glanzparade hin und fängt ihn aus der Luft ab. Dann bin ich dran.

Ich bringe mich in Stellung, laufe an und peile das Tor an. Ein kurzer Blick zu Todd und ... ist das ein Nicken? Ein verstecktes Nicken zur rechten Ecke?

Ich treffe den Ball erstaunlich gut, sodass er ordentlich Fahrt bekommt. Er fliegt auch nach rechts. Todd mit gekonnter Theatralik in die andere Ecke. Und der Sieg? Gehört uns!

Evan kommt freudig angerauscht, zusammen mit Samuel und Jamie. Über ihre Köpfe hinweg erwischt mich Tyrons Blick. Er muss ihn gesehen haben, den kleinen Wink von Todd, denn in seinen Augen liegt ein spöttisches Funkeln.

„Beim Bowling hilft dir kein Torwart", raunt er mir später auf dem Rückweg zu.

„Und dir nur beten, Tyron", gebe ich zurück und hoffe, dass mein Zettel gezogen wird.

Das sicherste Mittel gegen fast alles ist ein Tag in den Bergen.

12

Das sicherste Mittel gegen fast alles ist ein Tag in den Bergen. Ich weiß nicht, ob ich den Spruch von meinem Vater kenne oder ihn mal auf einer Postkarte gelesen habe, aber hier oben auf über 2000 Metern wird mir bewusst, wie viel Wahrheit in diesen Worten steckt. Ich fühle mich so frei und unbeschwert wie lange nicht mehr. Die Welt scheint nur noch aus zwei Farben zu bestehen. Ich sehe ein tiefes Blau und glitzerndes Weiß. Und ... plötzlich Winnis strahlendes Gesicht, das sich in mein Blickfeld schiebt. „Komm, die letzte Abfahrt, ja?"

Meine Oberschenkel brennen, und ich komme kaum von dem kleinen Felsen hoch, auf dem wir uns für ein paar Minuten ausgeruht haben. Und doch strahle auch ich. „Ein letztes Mal! Aber ... die linke Piste, okay?" Die steile.

„Alles klar!" Winni rutscht grinsend ihre Skibrille zurecht, wir stemmen unsere Stöcke in den Schnee und legen los.

Rechts ... links. Rechts ... links. Wir finden schnell in einen gemeinsamen Rhythmus, und ich schaffe es, vollkommen loszulassen und jeden Schwung einfach zu genießen.

„I belive I can fly!", fange ich an zu singen. *„I belive I can touch the sky ..."*

Und wirklich, ich habe das Gefühl, ich müsste nur die Hand ausstrecken und könnte den Himmel berühren.

Völlig atemlos kommen wir unten an der Talstation an. Was für ein Tag! Und ein geschenkter noch dazu. Kein Tyron, keine Cassy. Sie sind zum Snowboarden in ein anderes Skigebiet gefahren, und ich bin mir sicher, unter seinem Blick hätte ich nie so leicht wieder ins Skifahren gefunden.

Gemeinsam staksen Winni und ich in unseren Skischuhen durch den Schnee zu den anderen, die es sich an einem der langen Tische auf der Sonnenterrasse gemütlich gemacht haben, und trinken noch einen Kakao, bevor es zurück zum Chalet geht.

Die Sonne verabschiedet sich schon langsam hinter den Bergen, und ich kann mich kaum sattsehen an dem rosavioletten Farbspiel, das den Himmel überzieht und die Gipfel in einem dunklen Gold erstrahlen lässt.

„Na endlich!" Am Haus angekommen, empfängt uns Beth freudestrahlend auf der Veranda. „Stellt euch vor, wir haben doch noch einen Tisch bekommen! Aber für 18 Uhr. Also ab unter die Dusche, wir müssen uns beeilen."

Hinter mir höre ich Winnis Seufzen und auch ich muss kurz schlucken. Immerhin kämpfe ich gerade vor Erschöpfung mit jedem Schritt und hätte nichts gegen den Spieleabend vor dem Kamin gehabt. Wunsch zwei aus der Glasvase. Den wir gezogen hatten, um eine Alternative zu haben, sollte Wunsch eins so spontan nicht klappen: ein Mountaintop-Dinner im Sky Bistro.

Winni und ich helfen uns gegenseitig die Treppe hoch, lachen über unser Stöhnen, mit dem wir uns am Geländer hochziehen. Kaum zu glauben, wo man im Körper überall Muskeln hat, gerade aber meldet sich jeder einzelne mit einem brennenden Ziehen.

All das ist vergessen, als wir nur eine Stunde später wieder aus den Autos steigen und die gläsernen Gondeln uns den Berg hochbringen.

Banff mit seinen unzähligen Lichtern wird immer kleiner,

je näher wir der Aussichtsplattform kommen. Der Blick von oben ist überwältigend. Die Stadt funkelt wie ein Lichtermeer unter uns, während sich über uns nachtblau der Sternenhimmel ausbreitet und die massive Bergwelt nur noch aus riesigen Schatten zu bestehen scheint.

Leider gibt es noch zwei weitere Schatten, sie lösen sich voneinander und kommen auf uns zu.

Tyron und Cassy.

Ich wusste nicht, dass das Dinner die beiden miteinschließt, und um mich herum wird die eh schon dünne Bergluft plötzlich noch um ein Vielfaches dünner. Es ist einfach nicht fair. Nicht fair, dass er hier aufkreuzt. Und schon gar nicht fair, wie er hier aufkreuzt.

Tyron sieht fantastisch aus in seiner Jeans, dem langen Mantel und schwarzen Pullover, unter dem ein weißer Kragen hervorblitzt. Nur seine Locken wirken wie immer völlig unsortiert, und es hilft überhaupt nicht, dass ich weiß, wie weich sie sich unter meinen Händen anfühlen.

„Hi!" Irgendwie gelingt es mir, die beiden einigermaßen fröhlich zu begrüßen, und ich gebe mir die größte Mühe, mein Lächeln auf dem Weg ins Restaurant nicht zu verlieren. Der Tag war bisher wunderschön und ich will ihn mir am Ende nicht selbst kaputt machen. Daher halte ich mich an Winni und Todd und schaffe es tatsächlich, einen Platz am Tisch zu ergattern, der weit genug von Tyron entfernt ist. Trotzdem bekomme ich mit, wie er schon beim Aperitif von seinen Großeltern, Brian und Alice, in die Mangel genommen wird. Es geht um sein Studium. Biochemie. Und es scheint nicht besonders gut zu laufen.

„Aber jetzt erzähl doch mal von dir, Charlie", fordert mich Todd auf. „Was macht die Kunst?"

„Ähm ... läuft gut!", antworte ich lächelnd. „Sogar mit Aquarell jetzt."

Todd ist neben Tyron der einzige aus der naturwissenschaftlich orientierten Familie Callahan, der sich für Kunst interessiert. Und da er schon früher jedes Bild von mir sehen wollte, zeige ich ihm auch jetzt einige Fotos meiner aktuellen Projekte.

„Unglaublich, wie du dich entwickelt hast!" Seine blauen Augen beginnen unter den buschig weißen Brauen zu leuchten. „Ich freue mich so sehr für dich, Charlie. Vor allem, dass du auch die Liebe zu den Farben entdeckt hast."

Wir fachsimpeln ein wenig über neue Künstler, neue Techniken, und obwohl ich es genieße, mich mit ihm zu unterhalten, werde ich von Gang zu Gang müder. Vor dem Dessert verabschiede ich mich kurz vom Tisch. Ich muss tatsächlich auf die Toilette, mache aber auf dem Rückweg einen kleinen Abstecher auf die Terrasse.

Frische Luft! Ich will sie gerade tief einsaugen, als ich am Geländer Tyron stehen sehe. Die Hände abgestützt, starrt er regungslos in die Dunkelheit. Mein erster Impuls ist: Flucht! Doch da ist noch etwas anderes, etwas ganz Dummes. Sehnsucht. Eine Sehnsucht danach, wie es früher einmal zwischen uns gewesen ist, und sie lässt mich auf ihn zugehen.

Heute darf weitergeblättert werden ...

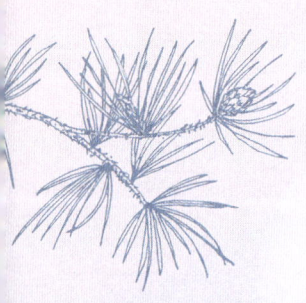

„Brauchst du auch frische Luft?"

Überrascht wendet sich Tyron um. Ich sehe, wie er versucht, aus seinen Gedanken zurückzufinden. Wo auch immer sie waren. „Ja! Drinnen ist es ganz schön stickig."

Er mustert mich, mit der Distanz, die er mir gegenüber in den letzten Tagen schon so oft gezeigt hat, aber da ich jetzt keinen Rückzieher machen will, stelle ich mich neben ihn ans Geländer und schaue mit ihm auf die funkelnde Stadt hinunter. Ein Gebäude schillert aus dem Lichtermeer besonders heraus, von zahlreichen Strahlern erhellt wirkt es selbst aus dieser Entfernung luxuriös, beinahe majestätisch.

„Das Fairmont Springs Hotel!", stellt Tyron es mir vor.

„Echt? Ist das nicht das Hotel, in dem wir die Silberhochzeit feiern?"

„Ja. Wobei ... es ist das Hotel in dem *ihr* feiert. Ich bin dann schon weg."

„Oh ...!" Ich sollte erleichtert sein, nur bin ich es komischerweise nicht, stattdessen erwische ich mich dabei, wie ich zu zählen beginne. Die Feier ist am zweiten Weihnachtstag, heute ist der 19. Dezember. Er bleibt also nicht mal mehr ...

„Zählst du gerade?"

„Äh ... was?"

Tyron sieht mich mit hochgezogener Augenbraue an. „Die Tage, bis du mich wieder los bist?"

„Eher die Stunden", gebe ich zurück, und wir müssen beide lachen.

Ich mag es, ihn so zu sehen. Wenn Tyron lacht, lachen seine Augen mit, sie strahlen dann ganz hell, so wie jetzt. Und ... das ist nicht gut!

„Wir fahren in fünf Tagen", sagt er.

„Noch vor Weihnachten? Warum?"

Tyron stützt seine Unterarme auf dem Geländer ab und schaut wieder auf Banff hinunter. Ob er überhaupt etwas wahrnimmt, weiß ich nicht, sein Blick wirkt nach innen gerichtet. Zweifel steigen in mir auf und nagen an meinem Herz. Weil er schweigt.

Weil das „Warum", nach dem ich gefragt habe, mich wahrscheinlich nichts mehr angeht.

Und weil genau das gerade weh tut.

Ich suche nach den passenden Worten, um das hier zu beenden, um gehen zu können, als er plötzlich doch sein Schweigen bricht. „Es hat sich nicht so viel verändert, seitdem du weg bist. Zumindest, was meine Abneigung gegenüber Familientreffen angeht."

Seitdem du weg bist ... Der Satz kratzt gefährlich an der Vergangenheit, betont er doch, dass ich mal da war und Tyron sich daran erinnert, auch wenn er mich die letzten Wochen vor meinem Abflug wie Luft behandelt hat. Umso unwirklicher kommt es mir vor, dass wir beide hier jetzt stehen und miteinander reden. Oder ... vielmehr zusammen schweigen. Ich spähe unauffällig zu ihm und bin überrascht, seinem Blick zu begegnen.

„Aber bei dir hat sich etwas verändert. Du magst jetzt also Farben?"

Der Themenwechsel kommt so plötzlich, dass ich für einen Moment irritiert bin.

„Sorry ... hab nur am Tisch eben was mitbekommen."

„Schon gut. Ja, es stimmt. Aber ich zeichne noch immer lieber." Tyron nickt, und auch wenn er mich nicht mehr anschaut, sondern den Blick über die dunklen Berge wandern lässt, sehe ich, wie sich ein Lächeln auf seine Lippen schleicht. „Ich wusste es. Also, dass du das schaffst, die Kunst voll und ganz zu Deinem zu machen. Du warst damals schon so verdammt gut."

„Du aber auch. Warum hast du abgebrochen? Du hast doch auch Kunst studiert?" Das immerhin hatte ich noch mitbekommen.

„Ich hab es versucht, ja. Aber irgendwann wurde mir der Druck zu hoch."

„Von wem? Jamie und Beth?"

„Ne, den habe ich mir schon selbst gemacht." Er streckt den Rücken, lockert die Schultern, doch mir entgeht nicht, wie fest sich dabei seine Hände um das Geländer klammern. „Du weißt, wie meine Familie über Kunst denkt. Von Todd mal abgesehen, hat das niemand wirklich ernst genommen. Außerdem ..." Er lässt das Wort in der Luft hängen, so als wäre es ihm herausgerutscht und als wüsste er nicht, wie er damit umgehen soll.

Die Stille, die sich zwischen uns aufbaut, hat etwas Elektrisierendes, ich spüre sie wie ein Knistern auf meiner Haut.

„Außerdem?", frage ich vorsichtig nach.

Tyron hat sich wieder über das Geländer gebeugt, die Ellbogen abgestützt fährt er sich mit beiden Händen über das Gesicht. Dann schaut er zu mir, und es ist nur ein Flüstern, das seine Lippen verlässt. „Ich hatte etwas verloren. Und damit den Glauben an mich selbst."

Mein Herz verstummt und ich bekomme kaum Luft. Tyron sieht mich unentwegt an. Weil ... weil er mir sagen will, dass ich es war? Die er verloren hatte?

„Ach, hier seid ihr!" Eine zu laute, zu fröhliche Cassy lässt uns zusammenschrecken. „Wir haben euch schon vermisst."

„Wirklich?" Tyron fängt sich schneller als ich. Sein Lächeln sitzt, meines zittert, als ich versuche, mich mit einer freundlich lockeren Miene zu ihr umzudrehen.

„Ist ja auch echt superschön hier." Cassys Blick wandert zwischen mir und Tyron hin und her, bevor sie auf ihn zugeht und ihn umarmt. Nein, sie umarmt ihn nicht, sie umschlingt ihn regelrecht, nur um mich dann mit bittersüßer Stimme zu fragen, ob ich ein Foto von ihnen mache.

„Klar!", antworte ich, denn was sonst sollte ich auch sagen? Tyron wirkt nicht sonderlich begeistert, schiebt Cassy aber vor sich, damit sie beide ins Bild passen, und lächelt mir zu. Nein, nicht mir. Er lächelt in Richtung Linse, und es erweckt auf dem Display nur den Anschein, als gelte es mir. Trotzdem trifft es mich.

„Mach gleich ein paar, ja?" fordert mich Cassy auf, bevor sie loslegt. Oder sollte ich besser sagen: eine Show abzieht? Während Tyron nur lässig dasteht, verändert sie immer wieder die Pose. Schmiegt sich an ihn, schaut verzückt zu ihm hoch. Küsst ihn!

Ich weiß, was das soll. *Er gehört mir!*, will sie mir sagen. *Was auch immer zwischen euch war.* Und die Botschaft kommt bei mir an.

Nur hätte ich nicht gedacht, dass sie so wehtut. Und ich verfluche mich dafür!

13

Ich lege den Bleistift aus der Hand und dehne meinen Nacken. Auf dem Boden zu zeichnen ist nicht bequem.

Aber einen Schreibtisch habe ich hier im Zimmer nicht, und im Bett würde ich mir nur die Decke über den Kopf ziehen und ... mich wegträumen. Tyron hat sich in mir eingenistet. Meine Gedanken kreisen nur noch um ihn. Und um das, was er mir gestern Abend auf der Terrasse gesagt hat.

Ich hatte etwas verloren ...

Mein Herz würde so gern glauben, dass er mich damit gemeint hat, mein Verstand aber ist dagegen. Und verübeln kann ich es ihm nicht, immerhin hat Tyron das, was auch immer das zwischen uns war, aufs Spiel gesetzt.

Ich versuche, ihn aus meinem Kopf auszusperren, und nehme den Bleistift wieder in die Hand. Todd, Winni, Beth und Jamie habe ich schon gezeichnet. Ich möchte jedem ein Porträt zu Weihnachten schenken und nutze den freien Tag heute, um möglichst viele fertigzustellen. Bei Sarah komme ich gerade nicht weiter, ihre Augen habe ich, die Nase, den Mund, aber beim ...

Es klopft an der Tür. „Darf ich reinkommen?"

Tyron! Was macht er denn hier?

„Moment!" Schnell schiebe ich die Bilder unter den Teppichläufer und setze mich auf mein Bett. „Ähm, ja. Okay."

Vorsichtig lugt er ins Zimmer, seine Locken hängen ihm tief in die Stirn. „Hi. Ich wollte nur mal nachsehen, ob du noch lebst. Todd meinte, du bist bewegungsunfähig?"

„Ha, ha!", antworte ich lächelnd.

Tyron steht im Türrahmen, die Hand an der Klinke, und wirkt ein wenig unschlüssig. „Ja, also Abigail und Jaden kommen gleich. Das sollte ich dir nur ... Oh, du hast gezeichnet?" Ich folge seinem Blick zum Teppichläufer. Das angefangene Bild von Sarah lugt unter einer Ecke hervor. „Ja. Ich versuche gerade, Sarah zu zeichnen, komme aber nicht weiter."

Tyron sieht mich fragend an. „Darf ich?"

Besser nicht, warnt mich eine Stimme im Inneren, nur hab ich da schon „Klar!" gesagt.

Ich stehe auf, ziehe das Papier unter dem Teppich hervor, und plötzlich ist es wie früher. Wir sitzen nebeneinander auf dem Boden, vor uns ein Bild, ein Bleistift – und wir reden übers Zeichnen.

„Ich krieg ihre Kinnpartie nicht richtig hin, sie wird immer zu spitz. Siehst du?"

„Ja. Aber das Problem liegt, glaube ich, weiter oben. Bei ihren Wangen." Tyron nimmt das Bild und ich sehe, wie seine rechte Hand sich bewegt. Er zeichnet bereits in Gedanken.

Ich halte ihm den Bleistift hin.

Ohne aufzusehen, nimmt er ihn und legt das Blatt vor sich auf den Boden. Vorsichtig setzt er ihn an, wird aber schon nach wenigen Linien sicherer. Sein Schwung kommt zurück, und mit jedem Strich wird Sarah lebendiger.

„Wahnsinn, Tyron! Das ist super."

Tief über das Blatt gebeugt zeichnet er weiter, doch ich kann sehen, dass ihn mein Lob freut, denn seine Mundwinkel wandern nach oben.

Ich hätte jetzt auch gern einen Stift in den Händen, um ihn zu zeichnen. Tyron ist so unglaublich schön, wenn er voll und ganz in etwas versunken ist.

Fröhliche Stimmen dringen plötzlich zu uns hoch, die nur bedeuten können, dass Abigail und Jaden eingetroffen sind. Und so gern ich die beiden auch habe, gerade wünschte ich mir, sie wären überall, nur nicht hier.

„Ich glaube, wir müssen runter." Tyron wirkt auch nicht begeistert, sein Blick bleibt für einen Moment noch an dem Bild hängen, bevor er aufsteht und wir mein Zimmer verlassen.

Dass das Bild, das wir zwei auf der Treppe abgeben, missverständlich sein könnte, wird mir erst bewusst, als ich Abigails Gesichtsausdruck sehe. Er wechselt in Sekundenschnelle von freudig zu überrascht, bevor ihre Augen amüsiert aufblitzen. „Sieh an, sieh an. Ihr zwei also. Gerade erst aufgestanden?"

Während ich noch nach Worten suche, hat Tyron sie schon. „Falsch. Ob du es glaubst oder nicht, ich bin auch gerade erst angekommen. Ich war schon in den Hot Springs. Sehr entspannend, übrigens."

Abigail knufft ihm in die Seite, bevor sie ihn fest an sich zieht. „Hi, Charlie!" Jaden löst sich von Todd und kommt auf mich zu. Mit seinen 16 Jahren ist er mir jetzt schon über den Kopf gewachsen. „Na, Kleiner! Die Zweimetermarke bereits geknackt?"

„Noch nicht ganz", wiegelt er ab, doch das Leuchten in seinen Augen verrät mir, wie stolz er auf seine Größe ist. Schließlich ist sie Voraussetzung für seinen Traum, es später in die NBA zu schaffen.

„Wie schön, dich wiederzusehen!" Abigail wechselt zu mir und ich will gerade etwas erwidern, da flüstert sie mir ins Ohr: „Aber wie schade. Ich hatte doch tatsächlich kurz geglaubt, ihr hättet euch wiedergefunden."

Überrascht sehe ich sie an. Sie hat es gewusst?

Sie zwinkert mir zu, bevor sie verkündet, sie brauche jetzt erst einmal starken Kaffee. „Und ein Stück Apfelkuchen. Den gibt es doch, oder?"

„Aber sicher!", antwortet Beth. „Bringt ihr zwei schon mal euer Gepäck hoch, dann decken wir hier schnell den Tisch. Ach, und Tyron? Winni lernt wohl noch immer, hast du ihr nicht Bescheid gegeben?"

„Oh, ähm ..." Versteckt lächelt er mir zu. „Ja, das hab ich wohl vergessen."

„Dein Kopf ist löchriger als ein Stück Käse." Beth klingt nicht tadelnd, eher belustigt, und doch habe ich das Gefühl, ihn verteidigen zu müssen. Immerhin war er bei mir gewesen. „Also eigentlich ...", beginne ich, aber Tyron legt seine Hand auf meinen Arm. „Lass nur, Charlie. Mein Fehlerkonto ist eh schon randvoll. Da macht der eine auch nichts mehr."

Sein Tonfall klingt ebenfalls belustigt, doch in seinen Augen sehe ich etwas anderes. Resignation.

Ich denke an das Gespräch von gestern, aber auch an die von früher. So gern Tyron vorgibt, ihm wäre alles egal, hat es Momente gegeben, in denen er sich mir gegenüber geöffnet hat und ich erfahren habe, wie fehl am Platz er sich manchmal in seiner Familie fühlt.

14

Vor vier Jahren

Der Pool ist noch offen? Wie cool ist das denn? Ich brauche keine Minute, um zu entscheiden, dass das ein Wink des Schicksals ist, und mir meinen Bikini unter die Jogginghose und das Sweatshirt zu ziehen. Ich hab definitiv genug gelernt. Und unter dem Sternenhimmel zu schwimmen macht sicher den Kopf frei.

Obwohl niemand außer mir im Haus ist, schiebe ich leise die Terrassentür auf und laufe barfuß über den kurz geschorenen Rasen. Die Poolbeleuchtung verleiht dem Wasser einen fast türkisfarbenen Anstrich und lässt es wärmer erscheinen, als es tatsächlich ist. Anfang Mai, es gab noch nicht so viele Sonnentage, die es hätten aufwärmen können.

Gerade als ich mir das Shirt über den Kopf ziehen will, höre ich ein Räuspern. Vor Schreck verhake ich mich mit den Ärmeln, krieg es dann aber wieder runtergeschoben.

„Tyron?"

Ein Gesicht leuchtet mir aus der Dunkelheit entgegen. Es lugt über die Rückenlehne einer der Doppelliegen, die nicht zum Pool ausgerichtet ist.

„Ich glaub schon", kommt es spöttisch zurück. „Ich dachte, ich mach mich lieber bemerkbar, bevor du hier einen Strip hinlegst."

„Ich hatte nicht vor, nackt zu schwimmen."

Er lacht. „Schade. Aber das wäre für dich ja auch viel zu ..."

„Halt die Klappe!", unterbreche ich ihn und rolle entnervt mit den Augen. Seit wir aus dem Skiurlaub zurück sind, ist er wieder der Alte: zynisch, sarkastisch, provozierend. Wenn er mich überhaupt wahrnimmt. Von unserer Nähe auf der Piste, unserem Kuss also meilenweit entfernt.

Da ich keine Lust habe, mich ihm jetzt im Bikini zu zeigen, vergesse ich das Schwimmen, bin aber neugierig, was er hier macht. „Und du? Ich dachte, die ganze Family ist heute Abend im Theater?"

Tyrons Gesicht verschwindet, er hat sich wieder hingelegt. Sein Lachen höre ich trotzdem. „Was denn jetzt? Klappe halten oder deine Fragen beantworten?"

„Es war nur eine. Und auf die darfst du antworten."

„Ich hatte keine Lust, außerdem habe ich ja noch Ausgehverbot. Das sollte man auch ernst nehmen."

„Klar!" So wie er die Anweisungen seiner Eltern ja immer ernst nimmt. „Aber von draußen schlafen war ja nicht die Rede, oder?"

„Ne, tu ich auch nicht. Ich habe versucht, mein Bild fertig zu kriegen. Und das übrigens nicht nackt, du kannst dich also ruhig hierhertrauen."

Während ich noch überlege, ob ich das will, laufen meine Füße schon los. Er hat wirklich seine Zeichensachen dabei, doch als er mich sieht, legt er sie auf den Boden und rutscht zur Seite. Ich ... ich soll dahin? Also neben ihn auf die Liege? Mein Herz beginnt zu stolpern, denn so richtig viel Platz ist da gar nicht. Aber jetzt stehen zu bleiben, wäre auch irgendwie doof. Und da er mich beobachtet, dabei abwartend eine Augenbraue hochzieht, lege ich mich einfach hin. Mit Abstand.

„Und du?", fragt er mich nach einer Weile des Schweigens. „Warum bist du nicht mit ins Theater?"

„Ich schreib morgen Bio."

Er nickt, und für einen Moment wird es wieder still zwischen uns. Wir schauen beide in den Himmel, von dem uns unzählige Sterne entgegenfunkeln.

Er hebt plötzlich die Hand, deutet nach oben. „Den mag ich."

„Den Großen Wagen?" Überrascht sehe ich zu ihm, denn es ist auch mein liebstes Sternbild.

„Mit dem hat mein Vater mich getröstet", beginne ich zu erzählen und schaue wieder in den Himmel. „Als ich klein war und mein Opa gestorben ist. Er hat gemeint, jeder hat so einen Wagen, mit dem er durchs Leben fährt. Leute steigen ein, aber eben manchmal auch wieder aus. Deswegen soll man die Zeit mit ihnen genießen und dankbar sein, dass sie eine Strecke ihres Lebens mit uns gefahren sind."

„Ein schönes Bild", kommt es leise von Tyron. Er sieht nachdenklich nach oben, doch dann schleicht sich ein Lächeln auf seine Lippen.

„Was ist?"

„Ach, ich stell mir gerade meinen Wagen vor. Mein Leben ist eine einzige Massenkarambolage."

Wir lachen beide in den Himmel.

„Stimmt. Wobei es gerade ein wenig ruhiger wird, oder?", frage ich ihn.

„Ja, bei Abigail ist das für mich aber auch einfacher. Sie ist streng, klar. Aber bei ihr ist nicht alles so scheiße perfekt wie bei uns. Ich komme mir bei ihr einfach normaler vor."

Deswegen also? Weil er meint, nicht mithalten zu können, baut er die ganze Zeit Mist?

Ich sage ihm, dass ich seine Familie echt mag, zähle ihm dann aber auch ihre Schwächen auf. „Beth hat einen Putz-fimmel, lässt aber immer die Milch offen rumstehen. Jamie kann nicht kochen, macht es aber trotzdem. Und Winni? Sie ... sie verwechselt ständig rechts und links. Wir mussten gestern wieder einen Umweg fahren, weil ..."

Tyron lacht auf, so befreit, dass ich mir wünsche, er würde es öfter machen. Loslassen. Einfach er selbst sein. So wie er es beim Zeichnen schafft.

„Weißt du was, Nobody?", fragt er mich und dreht sich auf die Seite, mir zu. „Ich bin echt froh, dass du mit deinem Wagen hier vorbeigekommen bist."

Dass Glück wirklich glitzern kann, spüre ich jetzt. Direkt unter der Haut, und einfach überall. Ich schaue zu ihm, muss wissen, ob er das wirklich ernst meint, und begegne seinem Blick. In ihm liegt nichts Spöttisches, nichts Provozierendes, und ich verliere mich im dunkel schimmernden Graublau seiner Augen, als ich seine Finger spüre, die meine warm umschlingen.

„Ich bin auch gern hier", gestehe ich und drehe mich zu ihm. Einen Moment sehen wir uns nur an, dann überwindet er auch den letzten Abstand zwischen uns. Seine Lippen legen sich auf meine, ganz sanft nur. Und doch spielt mein Herz verrückt. Es zittert mir davon. Ich umschlinge seinen Nacken, ziehe ihn noch näher zu mir. Und küsse ihn.

Küsse Tyron.

Halte Tyron.

Und verliebe mich – hoffnungslos.

In Tyron.

Liebe ist nicht etwas,
das du findest. Liebe ist etwas,
das dich findet.

Loretta Young

15

Wo ist eigentlich Cassy?

Bei der Ankunft von Abigail und Jaden ist mir ihr Fehlen gar nicht aufgefallen, beim Tischdecken dann aber schon, denn die Tafel wurde trotz der beiden Neuankömmlinge nur um einen Platz erweitert.

Nicht dass ich sie vermissen würde, doch ich horche auf, als Tyron beginnt, Abigail von seinem Ausflug zu den Hot Springs, einem Schwimmbad mit heißem Thermalwasser, zu erzählen. „Cassy kannte die Springs noch nicht."

„Und wo ist sie jetzt? Also diese Cassy?"

„Im Hotel. Sie brauchte mal 'ne Auszeit."

„Von den Callahans?" Abigail lacht auf. „Kann ich verstehen. Aber ... so ganz unter uns: Muss ich mir ihren Namen merken oder kann ich den überspringen?"

Ich verschlucke mich fast an einem Apfelkuchenkrümel. Leider bekomme ich dadurch Tyrons Antwort nicht mit, sehe aber sein ergebenes Lächeln, mit dem er sie anschaut und dann den Kopf schüttelt.

Nach dem Kaffeetrinken werden die Spiele rausgeholt und ich rechne fest damit, dass Tyron sich nun verabschiedet, doch er bleibt. Selbst dann noch, als Sarah ihn nach einigen Runden Uno vom Sessel zieht und auffordert, mit ihr und Evan Twister zu spielen.

„Was ist mit dir, Charlie?", fragt er mich, die Spielmatte bereits in den Händen. „Bist du auch dabei? Oder noch zu kaputt vom Skifahren?"

„Dafür langt es noch", antworte ich und versuche, mir nicht anmerken zu lassen, wie viel Kraft es mich kostet, vom Teppich am warmen Kamin aufzustehen.

Sarah gewinnt die erste Runde gegen Evan, den es nach nur wenigen Minuten bereits auf die Matte mit den farbigen Kreisen legt. Dann sind wir dran, Tyron und ich. Wir starten, wie es die Regel vorschreibt, mit einem Fuß auf einem gelben und dem anderen auf einem blauen Kreis. Ich bin kleiner und wendiger, den Vorteil sollte ich nutzen, und schaue angestrengt auf die Drehscheibe in Evans Händen. Rot. Die linke Hand soll auf ein rotes Feld und ich wähle eins, das direkt bei Tyron ist. Damit zwinge ich ihn dazu, über mich hinwegzugreifen. Nicht leicht für ihn, für mich aber auch nicht. Ich spüre seine Brust an meinem Rücken, sein Kinn an meiner Wange, und habe plötzlich Schwierigkeiten, mich zu halten. Tyron strahlt eine Wärme aus, die mir unter die Haut geht. Ich beginne von innen heraus zu glühen.

„Schlechter Start, Charlie", raunt er mir zu. „Du bist ziemlich gefangen."

„Wart's ab!" Ich starre zu Evan. Der Zeiger landet auf Grün, und sofort belege ich mit der linken Hand ein Feld auf der gegenüberliegenden Seite. Tyron hat keine Chance, er kommt ins Wanken, fällt – reißt mich aber mit sich. Ineinander verdreht landen wir auf dem Boden. Und jetzt spüre ich Tyron überall. Seine Beine gefangen in meinen, seine Stirn an meinem Hals. Dann seinen Atem, der mir sanft über die Haut streicht, als er den Kopf leicht anhebt. Alles in mir beginnt zu kribbeln, und ich schaffe es nicht, ihm in die Augen zu sehen. Sein Mund ist allerdings auch keine Alternative, denn

Tyrons leicht geöffnete Lippen sind meinen so nah, dass ich mein Kinn nur recken müsste, um ...

„Verdammt, Charlie!", flüstert er, und die Mischung aus Wut und Verzweiflung in seiner Stimme jagt mir einen Schauer durch den Körper. Wie von allein suchen meine Augen jetzt doch nach seinen. Das Graublau in ihnen strahlt nicht, es wirkt vollkommen aufgewühlt, wie ein Gewitterhimmel. Wir atmen beide nicht mehr, sehen uns nur an, wie gefangen in dem, was nicht mehr ist.

Und doch war?

„Du hast gewonnen, Charlie!", jubelt Sarah und zerreißt den Moment.

Tyron schließt kurz die Augen, bevor er sich langsam von mir löst. Ich brauche noch Zeit, um mich zu sortieren. Nicht nur meine Arme und Beine, in mir ist gerade alles durcheinander.

Von Tyron sehe ich nur noch den Rücken, er hat sich weggedreht, doch die Art und Weise, wie er sich mit der Hand über den Nacken fährt, verrät mir, dass unsere Nähe auch ihn nicht kalt gelassen hat. Eine weitere Runde Twister wird uns zum Glück erspart, denn die Haustür geht auf und Beth und Jamie kommen herein, in ihren Armen unzählige Fackeln.

Die Wanderung – der heute Morgen gezogene Wunsch aus der Glasvase.

Tyron geht auf seine Eltern zu und sein bedauerndes Kopfschütteln ist eindeutig: Er kommt nicht mit. Sarah versucht zwar, ihn umzustimmen, doch er bleibt dabei.

„Aber was ist mit morgen? Habt ihr den Wunsch schon gezogen?", fragt er sie und in seiner Stimme schwingt wieder der übliche Tyron-Ton mit, unbefangen locker.

„Noch nicht!" Sofort spurtet sie los und holt die Vase. „Zieh du!"

„Okay." Tyron lässt sich Zeit, mischt die Zettel mit der Hand immer wieder durch, bis er einen zwischen den Fingern hat. Unter seinen Locken späht er zu mir, und mein Herz beginnt zu rasen, als er ihn langsam auseinanderfaltet.

„Morgen geht es ..." Er stockt, räuspert sich kurz, bevor er mit hochgezogener Augenbraue verkündet: „.... zum Bowlen."

„Na, das ist doch mal was Gescheites!", kommt es prompt von Todd aus der Küche. „Nur sollten wir diesmal Tyron und Charlie die Hände zusammenbinden."

Ich starre angestrengt auf die Drehscheibe, die irgendwie in meine Finger gelangt ist.

Challenge accepted.

Ich hatte Tyron gar nicht herausfordern wollen, mein Wunsch war eine Retourkutsche für Cassy gewesen, weil sie mich so bloßgestellt hatte. Jetzt kommt mir die Idee vollkommen dumm vor, denn alles, was ich gerade nicht brauche, ist noch mehr Stress. Und den wird es ohne Zweifel geben, sollten Tyron und ich uns auf der Bowlingbahn wirklich einen Fight liefern.

Umso erstaunter bin ich, als er mir zum Abschied den gezogenen Zettel in die Hand drückt. Denn „Bowling", das Wort, steht schon da, doch es ist nicht *meine* Handschrift.

Es ist seine.

16

Ich komme aus dem Gähnen nicht mehr raus. Wie Winni es schafft, am Frühstückstisch nicht einzuschlafen, ist mir ein Rätsel. Immerhin hat sie gestern den ganzen Tag durchgearbeitet, und die Nacht offenbar auch, denn ihre Augen sind vor Müdigkeit ganz klein. Trotzdem leuchten sie, und das wiederum ist mir kein Rätsel, denn: Jeff kommt heute.

„Wann holst du ihn vom Bahnhof ab?", fragt Beth.

„Ich fahre hier gegen halb elf los."

Ich lasse meinen Kaffeebecher sinken. „Dann könntet ihr ja doch noch nachkommen, oder? Zum Skifahren?"

„Ne, das lohnt sich nicht. Ihr fahrt ja heute nach Sunshine Village. Da hätten wir nichts mehr von."

Sunshine Village? Das Skigebiet von Tyron und Cassy. Sie werden also auch da sein.

Seinen Pick-up entdecke ich, als wir auf dem Parkplatz der Talstation eintreffen, ihn selbst erst am Einstieg zur Gondel. Lässig steht er über sein Brett gelehnt da, und ich kann nichts dagegen tun, dass mir mein dummes Herz davonrast. „Bereit?", fragt er mich mit einem Lächeln.

„Ist ganz schön groß hier. Hoffentlich verfahre ich mich nicht."

„Egal, wo du runterfährst, es sammelt sich immer alles im Tal. Bei der Sunshine Mountain Lodge oder ..."

„Hi!" Cassy taucht bei uns auf und mustert mich unverhohlen ablehnend. „Kann's endlich losgehen?"

„Von mir aus schon." Ich versuche mich an einem Lächeln, erwische aber nur noch die Rückseite ihres schwarz-pinken Anoraks, denn sie hat sich bereits zu Tyron umgedreht.

Wir verteilen uns alle auf die Gondeln, die uns zum Sessellift hochbringen. Von da aus geht es weiter bis zur Spitze des Lookout Mountain. Wie groß das Skigebiet ist, wird mir erst auf der Fahrt nach oben bewusst. Weiß verschneite Pisten, soweit das Auge reicht. Und Begrenzungen scheint es hier nicht zu geben, denn immer wieder tauchen Skifahrer aus kleinen Waldstücken auf und hinterlassen neue Spuren im Tiefschnee.

Auf dem Lookout Mountain versammelt Jamie uns alle noch einmal um sich. „Um 15 Uhr treffen wir uns alle an der Sunshine Mountain Lodge. Bis dahin viel Spaß!"

In gut vier Stunden. Ob ich bis dahin durchhalte? Ohne Winni? Dafür mit ...

Unauffällig spähe ich unter meiner Skibrille zu Tyron und atme erleichtert auf, als ich sehe, wie er sich mit seinem Snowboard an den Pistenrand schiebt, um sich dann mit Cassy ins Tal zu stürzen.

„Kommst du mit uns?" Abigail stupst mich an. „Wir lassen es langsam angehen, um reinzukommen."

„Langsam klingt gut!" Ich lächle sie dankbar an, nur um dann schnell feststellen zu müssen, dass Tempobezeichnungen subjektiv sind. Ich habe Mühe, Jaden und Abigail hinterherzukommen, aber nach den ersten zwei Abfahrten bin auch ich wieder drin. Das Schönste hier in Sunshine Village ist, dass man sich überall wiederbegegnet, denn egal in welcher Kombination wir mit dem Lift hochfahren, auf der Piste oder später im Tal treffen wir uns immer alle wieder.

Alles ist gut – bis jemand vorschlägt, die South-Fall-Piste zu wagen. Diese Piste muss schwärzer sein als schwarz! Angst keimt in mir auf, als ich den steil abfallenden Berg vor mir sehe. Tyron steht am anderen Ende unserer Gruppe, und ich weiß, dass er mich beobachtet. Seine Augen kann ich hinter der verspiegelten Brille nicht sehen. Aber ich spüre seinen prüfenden Blick in meine Richtung. Und ich lächle. „Auf geht's!"

Ich will, dass endlich jemand loslegt, die anderen ihm folgen und ich das Schlusslicht bilden kann. In meinem Tempo, damit ich das hier überlebe, und mein Plan geht auf.

„Ich schaffe das!", flüstere ich, als alle gestartet sind, atme tief durch und wage mich hinunter. Mit lang gezogenen Kurven, um nicht in den Abgrund sehen zu müssen. Nach der dritten Kurve bekomme ich die Ski nicht richtig gekantet. Ich werde zu schnell. Viel zu schnell! Ziehe Richtung Hang und … stürze. Die Bergwelt um mich herum dreht sich. Ich kugle abwärts. Geeister Schnee zerkratzt mir die Wange, meine Füße überholen mich wieder und wieder. Bis ich endlich liegen bleibe. Scheiße!

Stöhnend rapple ich mich auf und kämpfe mich aus dem Schnee. Meine Skier sind sonst wo, meine Stöcke auch.

Zitternd sammle ich alles ein und versuche es aufs Neue. Doch es wird ein einziger beschissener Kampf. Tränen steigen in mir auf. Plötzlich aber sehe ich Spuren im Schnee, die von der Piste in ein Waldstück führen. Zu einer anderen Abfahrt? Ich folge ihnen zwischen den Bäumen hindurch. Dann endet der Wald und ich könnte vor Erleichterung heulen, als ich tatsächlich auf einer flachen Piste rauskomme. Wo sie langführt, weiß ich nicht, aber am Ende sicher ins Tal. Ich traue mir nicht mehr viel zu und fahre echt unrund. Dazu auch viel zu lange, oder?

Ein mulmiges Gefühl steigt in mir auf, als ich das Ende der Piste sehe, um mich herum jedoch nichts wiedererkenne. Vor mir treffen sich einige Abfahrten, aber keine von ihnen bin ich je gefahren. Die Gondelstation, die vor mir auftaucht, erklärt mir dann auch, warum. Ich bin viel zu weit abgekommen.

Mit der nächsten Gondel fahre ich wieder hoch, und als ich oben Todd sehe, der vor der Sunshine Mountain Lodge seine Skier abschnallt, kann ich endlich wieder lächeln. Auch wenn die Kratzer auf meiner Wange dabei ordentlich ziehen.

„Todd!" Ich winke ihm mit meinen Stöcken zu. „Warte!"

„Na, das trifft sich prima! Beth und Jamie sind auch schon drin." Er strahlt mich an, doch dann zieht er die weißen Augenbrauen besorgt zusammen. „Bist du gestürzt, Charlie? Deine Wange!"

„Ja, aber …" Ich will ihm gerade erzählen, was mir passiert ist, da höre ich jemanden nach mir rufen. Hoch und ein wenig zu schrill. „Charlie? Sag mal … geht's noch?"

Ich drehe mich um und sehe Cassy auf mich zukommen, ihr Gesicht ist so wutentbrannt, dass es farblich dem Pink ihrer Jacke in nichts nachsteht.

17

„Du kannst die Suche einstellen, Tyron. Sie chillt hier mit Todd an der Talstation." Cassy lässt ihr Handy sinken und wirft mir einen vernichtenden Blick zu. Aus ihrem bisherigen Gekeife konnte ich nur entnehmen, dass ich ihr den Tag versaut habe, dass sie von mir genug hat und ich absolut egoistisch bin. Von einer Suche war keine Rede gewesen, jetzt aber beginne ich zu verstehen.

„Kannst du dir vorstellen, wie blöd man sich fühlt?", geht sie mich erneut an. „Wenn man mehr als eine Stunde nach jemandem sucht und ihn dann hier ..."

„Und kannst *du* vielleicht einfach mal kurz den Mund halten?" Über meinen pampigen Ton bin ich selbst überrascht, doch Todds leises „Na endlich!" sorgt dafür, dass ich ihn beibehalte. „Dass ihr nach mir gesucht habt, tut mir leid, aber glaubst du im Ernst, das war Absicht? Mich hat es auf der Piste komplett zerlegt und ich hab nur noch versucht, da irgendwie heil runterzukommen."

„Ach ja? Und wenn ...! So ein Ding hast du doch sicher auch, oder?" Cassy hält mir ihr Handy direkt vors Gesicht. „Falls du es nicht weißt: Damit kann man telefonieren. Und Bescheid geben! Tyron ist zu Fuß den halben Berg wieder hoch, weil du nicht nachgekommen bist. Hat die Piste abgesucht, den Wald und ... keine Ahnung, was noch alles."

Scheiße! Ich muss aus meinen Handschuhen raus, zerre mir auch den Schal vom Hals. Dass er sich Sorgen macht oder irgendjemand anderes, hab ich nicht gewollt. Ich versuche mich an einem freundlicheren Ton. „Wie hätte ich euch denn anrufen sollen? Ich hab ja nicht mal eure Nummer. Außer-

dem wusste ich nicht, dass ihr mich sucht. Warum auch? Wir waren doch immer alle irgendwo verteilt und sind ..."

Ich verstumme, als ich sehe, wie sich Cassy von mir abwendet, und folge ihrem Blick zum Auslauf der Piste. Tyron ist da!

Sie stapft sofort los, mich zieht Todd mit einem milden Lächeln zu sich. „Blöd gelaufen, Charlie. Aber Schuld hat daran niemand. Okay? Auch du nicht."

„Danke!", antworte ich leise und kann doch nichts dagegen tun, dass sie an mir nagt.

Verunsichert schaue ich zu Tyron. Er zieht gerade seinen Helm ab, spricht mit Cassy und sieht sich dann suchend um. Ich hebe die Hand, damit er mich sieht, doch als sein Blick mich findet, verkrampfen sich meine Finger. Tyron wirkt nicht sauer, nicht anklagend, sondern einfach nur völlig abgekämpft. Er kommt auf uns zu. Seine Haare sind total verschwitzt, fallen ihm wild in die Stirn, sein Gesicht glüht und wirkt doch ... fahl.

„Es tut mir total leid", entschuldige ich mich sofort bei ihm und fange selbst an zu glühen. „Ich hab nicht gewusst, dass du mich suchst. Ich kam da nicht runter, Tyron, und hab eine andere Piste genommen. Und ..."

„Ist schon gut", wiegelt er ab, was Cassy neben ihm dazu veranlasst, scharf Luft zu holen, doch was immer sie auch sagen will, seine Hand auf ihrem Arm sorgt dafür, dass sie die Worte schluckt.

„Bei dir alles klar?" Er deutet auf meine Wange.

„Ja, ja, geht schon." Hoffe ich zumindest, denn mittlerweile spannt die zerkratzte Haut doch schmerzhaft. Ich sehe, wie

Tyrons Blick prüfend über mich hinwegwandert. Auf der Suche nach weiteren Verletzungen? Ein angespanntes Schweigen baut sich zwischen uns auf, das Todd mit einem lauten Räuspern durchbricht. „Folgender Vorschlag: Wir gehen da jetzt rein, feiern, dass nichts passiert ist, und gönnen uns alle einen heißen Kakao."

Ich bin dafür, Cassy nicht. Sie will noch eine Abfahrt machen, dann zurück ins Hotel. Und Tyron nickt nur stumm.

„Und das ist Charlie!", stellt mich Winni nach unserer Rückkehr Jeff vor. „Glaube ich zumindest. Denn das letzte Mal, als ich sie gesehen habe, hatte sie diesen Kratzer noch nicht."

„Tja, das passiert, wenn du nicht auf mich aufpasst, Winni. Aber ... hi Jeff! Schön, dich kennenzulernen."

„Ebenso."

Mir gefällt sein Lächeln, sein offener Blick, und als er mich dann auch erst noch fragend ansieht, anstatt mich einfach gleich zu umarmen, hat er mich sofort. Ich mag ihn und gebe das Winni hinter seinem Rücken mit einem augenzwinkernden Lächeln zu verstehen.

„Warte, Charlie", fängt sie mich auf der Treppe noch ab. „Mal im Ernst: Bist du schlimm gestürzt?"

„Spektakulär trifft es besser", antworte ich und verschwinde nach oben. Außer Todd – und natürlich Tyron und Cassy – weiß niemand von dem Ärger auf der Piste. Und daran möchte ich nichts ändern.

Da wir die Bowlingbahnen für 19 Uhr reserviert haben, bleibt uns allen nicht mehr viel Zeit. Nach dem Duschen gibt es in der Küche nur eine schnelle Brotzeit im Stehen, bevor wir uns auf die Autos verteilen.

„Na super!" Winni lässt sich auf den Fahrersitz fallen und überreicht Jeff ihr Handy. „Mal wieder typisch Tyron. Er schreibt gerade, dass sie es wahrscheinlich doch nicht schaffen. Dann hätten echt auch drei Bahnen gereicht."

Sie kommen nicht.

Wegen mir? Weil ich ihnen das Skifahren vermasselt habe? Ich lehne meinen Kopf an die Fensterscheibe und schließe die Augen. Es ist besser so, versuche ich mir einzureden, kann aber nichts dagegen machen, dass sich die Enttäuschung in mir ausbreitet.

Ihn nicht zu sehen ist schlimmer, als ihn mit Cassy zu sehen. Ist das noch normal?

Denke immer daran, dass es nur eine wichtige Zeit gibt: Heute. Hier. Jetzt.

Leo Tolstoi

18

„It's beginning to look a lot like Christmas ...", dudelt es aus den Lautsprechern, und ich kann Michael Bublé nur zustimmen. Die ganze Bowlinghalle blinkt und glitzert total weihnachtlich.

Ich versuche mich wieder zu konzentrieren, auf die Bahn vor mir, den richtigen Schwung und ... Strike! Alle zehn Pins fallen.

„Das gibt's doch nicht." Abigail schüttelt den Kopf, bevor sie Jaden seufzend auf den Rücken klopft. „Zum Glück sind wir Charlie jetzt los."

„Na hoffentlich!" Grinsend gratuliert er Todd und mir zu unserem fulminanten Sieg, bevor wir an dem Tisch in der Mitte die Teams neu zusammenstellen.

„Oh no!" Evan und Sarah stöhnen auf, als sie Jeff und mir als Gegner zugelost werden, doch wir entscheiden kurzerhand, dass wir „Großen" mit links spielen müssen.

„Ich dachte, das kannst du besser." Die spöttische Stimme in meinem Rücken lässt meine Kugel zum wiederholten Mal in der Rinne landen. Tyron. Er ist doch gekommen?

Hinter mir bejubeln Evan und Sarah ihren Sieg, ich aber schließe die Augen. Um mich zu sammeln, bevor ich mich zu ihm umdrehe. „Ach, traust du dich doch hierher?"

Als Antwort erhalte ich nur ein Lächeln, aber mir entgeht nicht, dass ihm das freche Strahlen fehlt.

„Schön, dich zu sehen!" Er begrüßt Jeff, streicht Winni kurz über den Rücken, bevor er sich eine Kugel schnappt. „Irgendwo noch ein Platz frei?"

„Nur einer? Braucht Cassy wieder eine Pause von uns?", zieht Abigail ihn auf.

„Nein." Er schmunzelt zwar, sieht aber nicht auf, sondern betrachtet weiterhin die Kugel in seinen Händen. „Sie trifft sich mit einer Freundin. Die gerade auch in Banff ist. Können wir loslegen?"

Tyron und ich spielen die nächsten Runden auf unterschiedlichen Bahnen. Dennoch fällt es mir schwer, seine Anwesenheit auszublenden. Immer wieder spähe ich zu ihm hinüber, freue mich mit ihm, wenn er die Pins abräumt, hoffe auf einen Blick, auf ein Lächeln. Und gehe doch leer aus. Tyron weicht mir aus. Aber warum?

„Leute, mir reicht's. Ich bin echt müde." Seufzend lässt sich Winni nach der fünften Runde auf einen Stuhl sinken.

„Kein Wunder. Weißt du überhaupt noch, was Schlafen ist?" Jeff stellt sich hinter sie und massiert ihr die Schulter.

„Hm ... hat irgendwas mit Bett zu tun, oder?"

„Schon, ja." Lächelnd beugt er sich zu ihr hinunter. „Obwohl man da auch ganz andere Dinge ..."

Oh nein! Zeit, wegzuhören, entscheide ich, und löse meinen Blick von den beiden, nur fange ich dabei Tyrons auf. Fragend zieht er eine Augenbraue hoch. „Du auch?"

„Äh ... was?" Hitze sammelt sich unter meinem Pulli. Gedanklich bin ich noch beim Thema Bett, er aber meint wohl was anderes, denn er hebt seine Hand, in der noch immer eine Kugel liegt. „Lust auf eine Abschlussrunde?"

„Klar!", antworte ich bemüht locker.

„Na dann, Ladies first?" Tyron bietet mir die Bahn an, doch ich winke ab. „Den Vorteil brauch ich nicht."

Er positioniert sich an der Linie, greift in die Kugel und lässt sie ein paar Mal hin- und herschwingen, bevor er weit nach hinten ausholt. Mich sollte sein Wurf interessieren, stattdessen aber bleibt mein Blick an seinem Gesicht hängen. Tyron konzentriert. Mich erinnert seine Miene so sehr ans Zeichnen. Die leicht geöffneten Lippen, der ernste Ausdruck seiner Augen, fokussiert – ganz auf den Moment. Erst das Poltern der Pins holt mich ins Spiel zurück. Alle zehn liegen. Mist! Er hat tatsächlich mit einem Strike vorgelegt.

Mein erster Wurf verrutscht mir leicht, es wird eine Sieben, und das triumphierende Aufblitzen in seinen Augen wurmt mich mehr als die übrig gebliebenen Pins.

„Tyron?" Beth ruft genau in seinen nächsten Wurf hinein. Er verzieht ganz leicht und die Kugel landet in der Rinne.

„Verdammt!" Tyron starrt ihr hinterher, bevor er sich zähneknirschend zu Beth umdreht. „Danke!"

„Entschuldige, ich wollte nur Bescheid geben, dass wir jetzt fahren. Kannst du Charlie später bei uns absetzen?"

„Ja", antwortet er, schaut dabei aber angestrengt auf die Anzeigetafel.

Sein Rückstand ist groß, so groß, dass die Runde an mich geht. Die nächste aber wird ein Kopf-an-Kopf-Rennen, wir reden nicht viel, nicken uns nur zu, wenn einem von uns ein guter Wurf gelingt. Ich weiß nicht, ob es an meiner schwindenden Kraft liegt oder doch an ihm, an seiner Nähe. Tyron legt den einen Strike mehr hin als ich und gewinnt. Auf seinen Sieg reagiert er passend zum heutigen Abend: ungewohnt verhalten. Ebenso ungewohnt ist die Stille zwischen uns, als wir die Bowlinghalle verlassen. Schweigen war für uns früher etwas Verbindendes. Etwas, das wir zusammen richtig gut konnten. Im Auto aber baut es sich wie

eine Wand zwischen uns auf. Bis wir am Chalet ankommen. „Hast du einen Schlüssel?", frage ich ihn.

„Oh! Nein … aber wir haben auf der Veranda einen Ersatzschlüssel." Tyron steigt zusammen mit mir aus. Über uns funkelt ein mit Sternen übersäter Nachthimmel. Ich lege meinen Kopf in den Nacken und suche den Großen Wagen, als ich plötzlich Tyrons Stimme neben mir höre. „Er ist weiter drüben."

Ich folge seinem Finger mit dem Blick und finde ihn über dem Dach des Chalets.

„Leute steigen ein und manchmal wieder aus", flüstert Tyron. „Das hab ich nie vergessen."

Auch wenn wir uns nicht berühren, fühle ich mich umarmt. War also wenigstens der Abend am Pool zwischen uns echt? „Nur hat dein Opa leider etwas vergessen."

„Ach ja?" Neugierig schaue ich zu ihm rüber. „Was denn?"

„Manche schmeißen Leute auch einfach raus. So wie du mich, Charlie. Und ich weiß bis heute nicht, warum."

Ach nein? In mir wird es kalt, denn plötzlich ist alles wieder da. Der Verrat, die Enttäuschung – der Schmerz. Ein verächtliches Lachen platzt aus mir heraus. „So ein Schwachsinn. Ich weiß alles, Tyron. Auch von eurem beschissenen Spiel!"

Heute darf weitergeblättert werden …

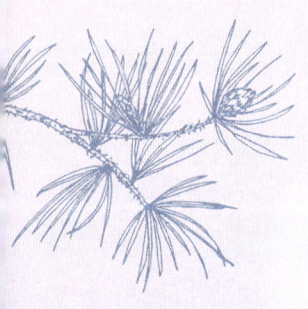

18

Lustlos kaue ich auf meinem Bleistift rum und schaue aus dem Fenster. Heute ist Donnerstag – eigentlich unser Tag. Denn donnerstags sind alle weg, Winni beim Tennis, Abigail trainiert die Footballmannschaft und Jamie und Beth haben ihren Abend in der Kirche. Und ich? Würde jetzt normalerweise den Wandschrank benutzen, den Durchgang nach drüben, und mich heimlich mit Tyron treffen. Nur ist auch er weg. Und das schon seit drei Tagen. Mountain Climbing mit seinem Sportkurs.

Ich schaue auf das Blatt vor mir, auf die gezeichnete Stadt, und versuche mir einzureden, dass sie mir gelungen ist. Erfolglos! Die Perspektive stimmt einfach nicht, der Fluchtpunkt ist mehr ein Fluchtkreis. Und mein Lineal? Ist wie alles heute scheinbar auch weg. Ich suche den Schreibtisch ab, meine Schultasche, finde es aber nicht. Hat Tyron es noch? Ich schreibe ihm und erhalte überraschend prompt Antwort, ein zerknirschtes Emoji.

Sorry, das liegt sicher noch bei mir.
Auf meinem Schreibtisch.

Darf ich rüber?

Ja klar.
Du fehlst mir, Nobody!

Du mir auch.
Komm einfach schnell wieder!

Morgen!!!!!!

Den Durchgang zu benutzen fühlt sich heute komisch an, noch komischer ist es dann aber für mich, Tyrons Zimmer zu betreten. Ohne ihn wirkt es so fremd und … leer! Abigail muss ihn gebeten haben, vor seiner Abfahrt noch aufzuräumen, nirgendwo liegen Klamotten rum, keine Chipstüten, nur auf seinem Schreibtisch herrscht das übliche Chaos. Hefte, Arbeitsblätter, ein Stapel zerfledderte Collegeblöcke, mittendrin seine fast schon fertiggestellte Zeichnung. Es ist keine Stadt wie bei mir, Tyron hat sich für das Innere einer Kirche entschieden. Das Bild ist großartig geworden, sein bestes bisher.

Mit einem Seufzen löse ich meinen Blick von seiner Zeichnung und suche nach meinem Lineal. Nicht leicht bei dem Chaos, doch ich sehe es schließlich ganz hinten unter seinem Sketchbook hervorblitzen. Ich muss mich über die Schreibtischplatte beugen, um es mir zu nehmen, stoße dabei aber an den Stapel mit Collegeblöcken, und bevor ich ihn auffangen kann, landen die Blöcke allesamt auf dem Boden.

„Shit!"

Bei dem Versuch, sie wieder aufzustapeln, bleibt mein Blick an einem Zettel hängen, der aus einem der Collegeblöcke herausgerutscht sein muss. Es ist eine Liste, überschrieben mit den Buchstaben EB. Eigentlich sollte sie mich nicht interessieren, nur steht auf ihr mein Name. Links, unter vielen weiteren Namen. Alle weiblich und … alles Exchange Students. Oben drüber ist Tyrons Clique aufgelistet. Gordon, Tom, Jake, Asher, Caleb und … Tyron.

Entgeistert starre ich auf den Zettel. Auf die Zahlen, die hinter den Mädchen stehen. Ist das ein Bewertungssystem?

Es gibt einige Einsen, ein paar Zweien, vereinzelt auch Dreien. Meine Spalte ist leer. Nicht aber die von Sophie, Carmen und Pia. Für die drei hat Tyron jeweils eine Zwei abgegeben. Oder ...? Ich kann und will es nicht glauben, doch eine düstere Ahnung steigt in mir auf. Eine, die mir den Hals verschließt. Das ist kein Bewertungssystem. Tyron hat die Punkte nicht abgegeben, er hat sie bekommen. EB. Was auch immer es bedeutet, es ist eine Art Wette, oder? Ein Spiel – mit uns. Und Tyron mischt da mit?

Am liebsten würde ich diese Liste zerknüllen. Zerreißen! Stattdessen aber lege ich sie vorsichtig zurück, staple die Collegeblöcke wieder ordentlich aufeinander, schnappe mir mein Lineal und gehe.

Ich habe einen Plan. Und für den muss ich mich beeilen.

„Schön, dass du doch mal mitkommst!" Sophie hakt sich bei mir unter und wir gehen den schmalen Weg zum Fluss hinunter. Wummernde Beats schallen uns entgegen, Autoscheinwerfer durchbrechen die Dunkelheit und beleuchten den kleinen Uferstreifen, auf dem beinahe jedes Wochenende verbotene Partys stattfinden.

Mich interessieren heute Abend weder die Leute noch die Unmengen an Wodkaflaschen oder Joints, die hier kreisen, ich suche Gordon. Durch seine Verstauchung im Handgelenk konnte er nicht mit zum Klettern fahren, also müsste er hier irgendwo sein. Ich lasse meinen Blick über die Feiernden wandern und entdecke ihn an seinem Auto, passenderweise allein!

„Bist du es wirklich?" Überrascht schlägt er die Vordertür zu.

„Dich hier mal zu sehen! Ich hatte die Hoffnung ja echt schon aufgegeben."

„Sollte man nie!" Lächelnd gehe ich auf ihn zu. Dass ich ihn einfach umarme, entlockt ihm ein erstauntes „Wow", mein Kuss auf seine Wange lässt ihn dann nur noch sprachlos grinsen.

„Und?" Ich neige meinen Kopf zur Seite. „Bekommst du dafür schon einen Punkt?"

„Was?" Gordon rutscht das Grinsen von den Lippen. „Ich versteh nicht."

„Nein? Na ja, du liegst auf der Liste ganz schön weit hinten. Und meine Spalte ist noch komplett leer, was für mich ja schon auch ein bisschen peinlich ist, oder?"

„Okay ...?" Gordon gibt seine ahnungslose Haltung auf und sieht mich mit zusammengekniffenen Augen an. „Von wem auch immer du die ganzen Infos hast, ich kann dich beruhigen, deine Spalte ist nur leer, weil Tyron dich blockiert hat."

„Ach ja?" Ich spüre, wie sich mein Herz entkrampft. Denn auch wenn es das Spiel nicht besser macht, heißt es, er hat mich rausgenommen. Und das zwischen uns ist doch echt?

„Wie nett von ihm", erwidere ich, doch Gordon lacht auf. „Nein, Charlie, nicht nett. Weißt du, wir haben alle nur ein bisschen rumgeknutscht, er aber will mit dir den Gesamtsieg einfahren. Die volle Punktzahl – auf der After-Prom-Party."

Nein! Um mich herum wird alles still. Ich höre keine Musik mehr, keine Stimmen. Nur, dass etwas in mir bricht.

Zerbricht.

Und mich die Scherben zerreißen.

„Welches Spiel, Charlie?", fragt Tyron, und ich weiß nicht, was mich wütender macht: die Frage an sich oder sein absolut ahnungsloser Gesichtsausdruck.

„Exchange Bombing!", zische ich. „Wer schnappt sich wen? Schon mal was davon gehört?"

Tyron starrt mich mit offenem Mund an. Und schüttelt den Kopf. „Das ... das ist nur eine beschissene Tradition, Charlie. Im Abschlussjahr. Aber von wem auch immer du davon weißt, es hatte nichts mit uns zu tun."

„Ach nein?" Nicht mal jetzt, nach all den Jahren, hat er das Rückgrat, den ganzen Scheiß zuzugeben? „Meinst du nicht, ich hätte die Wahrheit verdient, Tyron?" Zornige Tränen sammeln sich in meinen Augen. „Ich hab die Liste gesehen, in deinem Zimmer." Mit bebender Stimme erzähle ich ihm von meinem Fund, der Ahnung, die in mir hochstieg, und Gordons Bestätigung. „Ihr habt gewettet. Und wir waren euer Einsatz."

Tyrons Gesicht wirkt fahl. Ich sehe, wie sein Körper an Spannung verliert und er sich mit dem Rücken gegen seinen Pick-up lehnt. „Okay, Charlie. Ich ... ich habe am Anfang mitgespielt. Bin nicht stolz drauf, aber es war so. Nur ..." Nach Worten suchend schaut er in den Himmel, bevor sein Blick mich wiederfindet. „Ich hatte nicht mit dir gerechnet. Damit, dass du ... dass es mich voll erwischt. Deswegen habe ich aufgehört und ... "

„Aufgehört?", unterbreche ich ihn und lache wütend auf. „Von wegen! Du hast mich blockiert. Um mit mir nach dem Prom die volle Punktzahl zu kassieren."

„Was? Nein. Nein. Verdammt, Charlie. Nicht deswegen." In einer verzweifelten Geste fährt er sich durch die Haare. „Ich habe dich blockiert, das stimmt! Aber nur, damit die anderen dich in Ruhe lassen. Und um uns nicht zu verraten."

Meine Lippen beginnen zu beben.

Genau von diesen Worten aus seinem Mund hatte ich geträumt. Immer wieder – nächtelang.

Sie hätten alles heilen können.

Nur gab es diesen Chatverlauf, auf Gordons Handy. Er hatte ihn mir auf der Party gezeigt und jedes einzelne Wort hat sich in mein Herz gebrannt. Ich hole sie hervor und spreche sie tonlos in den Nachthimmel hinein:

Sieht schlecht für dich aus, Alter!

Freu dich nicht zu früh.

Hast du Charlie denn schon gefragt?

Nein. Aber sie wird mit mir hingehen.
Und dann könnt ihr alle einpacken.

„Fuck!" Tyron entfernt sich ein paar Schritte von mir und tritt plötzlich mit voller Wucht gegen einen Schneehaufen. „Fuck you, Gordon!"

„Du siehst, ich weiß alles, Tyron, also ..."

„Nein, Charlie! Einen Scheiß weißt du!" Er kommt zurück, mit all der Wut, die sich in ihm gesammelt hat. „Ich hab das nur geschrieben, um sie mir vom Leib zu halten. Sie haben alle Druck gemacht, Gordon ganz besonders. Weil ich so lange keine Punkte mehr geliefert hab. Nur verstehe ich eins hier nicht." Sein Ton wird schneidend. „Nach allem, was zwischen uns war, kommst du nicht auf die Idee, mit mir darüber zu reden. Sondern glaubst ihm. Gordon! Und machst noch am gleichen Abend mit ihm rum?"

„Was?" Empört schnappe ich nach Luft.

„Ach komm, Charlie! Ich hab seinen Snap gesehen. Die Aussicht auf die funkelnde Stadt. Das Armaturenbrett. Und ... tja, ich kenne deine Füße."

Gordon hat ein Foto gemacht? Und es verschickt?

Noch während meine Gedanken zurückfliegen zu dem Gespräch in seinem Auto, höre ich, wie Tyron anfügt: „Ist übrigens sein typischer Abschleppplatz. Da hätte es das Lied *I won* dazu gar nicht gebraucht."

Sprachlos stehe ich da, während sich langsam Puzzleteil für Puzzleteil zusammensetzt. Gordon hat es absichtlich so dargestellt, als hätte er mich rumgekriegt?

„Gar nichts hat er gewonnen. Nur zerstört."

„Es ... es stimmte nicht?", fragt Tyron.

„Nein." Ich sammle meinen Blick vom Boden auf, wappne mich gegen das Graublau seiner Augen und verliere doch den Halt, als ich die tiefe Traurigkeit in ihnen erkenne. Die gleiche, die sich in mir sammelt. „Ich war absolut fertig an dem Abend und er hat mir angeboten, mich nach Hause zu bringen. Wir waren da, ja. Haben aber nur geredet. Ich hatte meine Flipflops ausgezogen. Und ... eigentlich nur geweint."

Schweigend sehen wir uns an. Was wäre, wenn wir geredet hätten? Und um das, was zwischen uns war, gekämpft hätten? Meine letzten Wochen ohne Schule. Wir haben von der Zeit geträumt, in der wir uns nicht mehr hätten verstecken müssen. In der wir für alle sichtbar einfach zusammen gewesen wären. Jeden Tag, jede Stunde. Jede einzelne Minute.

Tyron müssen ähnliche Gedanken durch den Kopf gehen, denn er fragt ganz leise: „Warum nur? Warum haben wir das zugelassen?"

„Ich weiß es nicht." Hilflos zucke ich mit den Schultern.

„Ich weiß nur, dass ich zum ersten Mal richtig verknallt war, Charlie."

„Ich auch", flüstere ich, lächle ihn traurig an, und als er fragend seine Arme öffnet, lasse ich mich fallen. Mein Gesicht liegt an Tyrons Brust, seine Wange an meinem Kopf. Ich höre ihn atmen, höre seinen Herzschlag, ganz nah. Dann sein tiefes Seufzen, mit dem er mich noch enger an sich zieht. „Es tut gut zu wissen, dass es echt war. Und trotzdem fühlt es sich einfach nur scheiße an!"

Ich weiß genau, was er meint, und sehe zu ihm hoch. Unsere Blicke verfangen sich und eine knisternde Stille baut sich zwischen uns auf. Ich kann nicht mehr atmen. In mir ist nur noch eine verzweifelte Sehnsucht nach uns. Tyrons Lippen öffnen sich, ich höre, wie er zitternd einatmet, bevor er sich plötzlich ruckartig von mir löst.

„Ich ... ich sollte jetzt gehen!"

Ohne seine Nähe, seine schützenden Arme trifft mich die Kälte eisig und ich beginne zu zittern. „Ja, klar."

„Der Schlüssel liegt unter der Fußmatte!" Seine Stimme klingt gepresst. „Bis morgen!"

Ich nicke, dabei will ich gar kein Morgen. Ich will das Jetzt! Und weiß doch, dass ich es nicht haben darf.

Ein tapferes Lächeln. Ich zwinge es mir auf die Lippen, drehe mich um und flüchte ins Haus.

20

„Hey, aufwachen!"

Ich öffne die Augen und sehe nur Rot. Eine rote Mütze mit langem Bommel.

„Komm! Wir wollen den Baum schlagen."

Es ist Winni, und ehe ich mich's versehe, hat sie mich hochgezogen und mir meine Weihnachtsmütze über den Kopf gestülpt. „Die anderen warten schon."

„Gib mir zwei Minuten, ja?"

Völlig verschlafen sehe ich zum Fenster. Auf meinem kleinen Balkon türmt sich der Schnee, und noch immer fallen dicke Flocken. Als würde mich der Himmel daran erinnern wollen, dass Weihnachten wirklich vor der Tür steht und ich dem Fest nicht ausweichen kann. Doch obwohl wir den Vormittag über schon begonnen haben, das Wohnzimmer zu schmücken, spüre ich in mir nicht ein Fünkchen festlicher Stimmung. Ich bin einfach nur müde. Müde von mir und von meinen Gedanken, die sich seit gestern Abend an der Vergangenheit festklammern und nicht mehr loslassen wollen.

Da aber von unten schon Aufbruchsstimmung zu mir hochdringt, schlüpfe ich in meine Schneehose, angle mir meine Winterjacke und verlasse das Zimmer. Von der Galerie aus schaue ich auf einen chaotisch durcheinanderlaufenden Haufen roter Mützen, und ein Lächeln schleicht sich auf meine Lippen. Die Callahans. Eine bunte, verrückte Familie. Die eine schlecht gelaunte Charlie sicher nicht verdient hat. Also: *Joy to the world* ...

„Na, Mittagsschlaf beendet?" Abigail drückt mir am Fuße der Treppe gleich zwei Thermoskannen in die Hand. Winni trägt das Tablett mit den Tassen, Sarah eine riesige Tüte mit Marshmallows.

„Soll ich auch was nehmen?", fragt eine helle Stimme, und meine gerade erst aufgesetzte Festtagsmiene gerät erheblich ins Wanken.

Bis morgen! Mit den Worten hat sich Tyron gestern von mir verabschiedet, daher war mir schon klar, dass die beiden heute irgendwann auftauchen werden. Ich wusste nur nicht, dass „irgendwann" schon jetzt ist.

„Hi!", begrüße ich Cassy mit einem, wie ich finde, erstaunlich gelungenen Lächeln, doch sie lässt es ungerührt an sich abprallen. Sie nickt mir nur zu und nimmt die Stöcke entgegen, die Beth ihr in den Arm legt. „So, ihr Lieben. Dann haben wir alles."

Alles vielleicht, doch wo ist Tyron? Verstohlen schaue ich mich nach ihm um, entdecke ihn jedoch unter keiner der roten Mützen. Wie auch? Wäre er hier, würde mein Herz seine Anwesenheit spüren. Noch aber scheint es nur erwartungsvoll zu lauschen.

Gemeinsam verlassen wir das Chalet und ich stapfe hinter den anderen den Hügel hinauf zur kleinen Lichtung oberhalb des Sees. Während ich den halben Nachmittag verschlafen habe, müssen die Callahans schon hier gewesen sein, denn der hölzerne Unterstand leuchtet mir aus der Dämmerung weihnachtlich entgegen. Unzählige Lichterketten umsäumen sein Dach, schlingen sich um die Pfosten, die es stützen. Auf einem Tisch flackern fröhlich Laternen vor sich hin, zum Takt der gerade einsetzenden Musik.

Driving home for Christmas ...

Meine Füße bleiben wie von alleine stehen, kleine Schneeflocken setzen sich auf meine Nase, auf meine Wange, auf meine Wimpern und lassen mich blinzeln. Tyron! Zusammen mit Jamie hockt er an der Feuerstelle und fächert den bereits aufsteigenden Flammen mit einer Zeitung Luft zu. Der Schein des Feuers verleiht seiner Haut einen goldwarmen Ton. Schatten tanzen über seine Wangen, sein Kinn, seine Lippen. Auf die sich ein Lächeln schleicht, als die anderen bei ihm eintrudeln. Cassy stellt sich hinter ihn, Winni und Jeff richten das Büfett auf dem Tisch her, Beth und Jamie stehen bei Alice und Brian, Sarah und Evan streiten sich um zwei Stöcke, Todd stibitzt sich einen der Lebkuchenmänner ... Tränen steigen plötzlich in mir auf. All das spielt sich vor mir wie ein Film ab.

Driving home for Christmas!

Die Callahans haben ihr Zuhause, sie sind einander ein Zuhause.

Ich aber habe keins.

„Charlie, komm!", ruft Winni, und ich sehe, wie Tyrons Blick zu mir zuckt. Sein Lächeln wird heller, für den Bruchteil einer Sekunde strahlender, bevor sich seine Lippen zusammenpressen und er es wie etwas Bitteres hinunterschluckt.

In meiner Brust beginnt es zu ziehen, mein Herz verkrampft sich, und was auch immer mir gerade den Hals verschließt, hinuntergeschluckt bekomme ich es nicht. Ich gebe mir einen Ruck, befehle meinen Füßen zu funktionieren, und sie gehorchen.

Ich schaffe es zum Feuer, halte irgendwann auch einen Becher in der Hand, in der anderen einen Stock, dessen Ende ein Marshmallow ziert. Ich mag die Zuckerdinger gar nicht, weiß auch nicht, wie lange man sie eigentlich über das Feuer halten muss, bis ich plötzlich eine Hand auf meiner spüre.

„Hey, Vorsicht! Sonst wird das schwarz."

Tyrons Finger. Sie liegen auf meinen, berühren sie ganz leicht nur, und doch fängt meine Haut unter ihnen zu glühen an. In seinen Augen flackert es auf. Und ich sehe, dass auch er plötzlich zu kämpfen hat. Mit sich. Mit seiner Atmung. Mit der Hitze, die sich zwischen uns aufbaut. Und auch dann nicht erlischt, als er seine Hand zurückzieht.

Nein. Zu wissen, dass die Vergangenheit echt war, dass das mit uns echt war, hilft nicht.

Es tut nur weh!

Ich werfe das verbrannte Marshmallow hinter mir in den Schnee. Es zischt leise, als er verglüht.

Warum nur geht das mit Gefühlen nicht?

Warum kann man sie nicht auch einfach löschen?

Ich höre hinter mir Cassys Lachen und drehe mich um. Sie hat Tyron ihre Weihnachtsmütze über den Kopf gezogen und rutscht sie ihm, obwohl er protestiert, über seinen Locken zurecht.

Habe ich gestern noch gedacht, ihn nicht zu sehen sei schlimmer, als ihn mit ihr zusammen zu sehen, weiß ich jetzt, dass das nicht stimmt.

Es zerreißt mich. Und mein mit so viel Mühe wieder zusammengesetztes Herz.

„Tyron ist echt weg?" Fionas Augen schauen mich über den Rand der Teigschüssel ungläubig an. Mein Handy steht dort, an eine Milchpackung gelehnt, sodass sie mir beim Backen zuschauen kann.

„Ja. Er ist weg."

„Und wieso? Also, warum so plötzlich?", will Fiona wissen. Ich erzähle ihr von seinem Anruf heute Morgen, den Winni beim Frühstück entgegengenommen hat. Und auch von dem Schweigen, das sich danach am Tisch ausgebreitet hat.

„Cassy muss anscheinend früher nach Hause, und er will dann gleich weiter nach Edmonton. Zu seinen Freunden."

„Oje. Wie ... wie geht es dir damit?"

„Es ist okay!" Das Zittern in meiner Stimme enttarnt meine Lüge sofort. Denn nichts ist okay.

„Ach Süße, ich wäre jetzt so gern bei dir." Fiona schenkt mir all ihre Freundschaft. In ihrem Lächeln, in ihrem mitfühlenden Blick und ihren so lieb gemeinten Versuchen, mich aufzumuntern.

Ich will ihr gerade sagen, wie sehr sie mir fehlt, als plötzlich ein Anruf eingeht. Ein Videocall. Und mir sackt das Herz weg.

„Scheiße, Fiona! Mein Vater meldet sich gerade."

Fiona versteht meine Panik sofort. „Drück ihn weg und ruf von draußen zurück, okay? Zeig ihm den Schnee. Den Himmel. Die verschneiten Bäume. Einfach alles, was es in Kitzbühel auch gibt, ja?"

„Okay, ja. Bis gleich." In Windeseile schnappe ich mir im Flur meine Jacke, irgendeine Mütze und schlüpfe in meine

Schuhe. Nach dem Schneetreiben gestern empfängt mich draußen strahlender Sonnenschein. Kein Wunder, dass alle außer mir heute Skifahren wollten.

Ich halte mir das Handy so vor die Nase, dass hinter mir nur ein paar Tannenspitzen und der blaue Himmel zu sehen sind, bevor ich auf Rückruf tippe.

„Charlie!" Das Lächeln meines Vaters erscheint und augenblicklich verkrampfen sich meine Finger. Denn es wärmt mein Herz, rüttelt gleichzeitig aber auch gefährlich an der Verklammerung, mit der ich es mühsam zusammenzuhalten versuche.

„Paps, hi!" Tränen steigen mir in die Augen, und auch in seinen schimmert ein verräterischer Glanz.

„Mensch, Kleine, so schön dich zu sehen! Wie geht es euch? Was macht ihr gerade?"

Ich schlucke.

„Wir sind Skifahren. Und machen gerade eine Pause." Ich erzähle ihm von den tollen Pisten, dem Spaß, den wir hier haben.

„Und du, Philipp? Kannst du mit Charlie mithalten? Oder rast sie dir davon?"

„Äh, Philipp ist ... der ist ... ähm, warte mal!" Mist, Mist, Mist. Mein Puls beginnt zu rasen. Dabei war es doch klar, dass mein Vater ihn sprechen will. Das macht er immer. Suchend schaue ich mich um. „Philipp?" Ich rufe nach ihm, ein paar Mal, erhalte logischerweise aber keine Antwort. „Tja, er scheint schon reingegangen zu sein. Wir sind hier nämlich an einer Hütte."

Um meiner Lüge mehr Glaubwürdigkeit zu verleihen, drehe

ich mich so, dass auf dem Display hinter meinem Gesicht das Chalet auftaucht, nur die Hausecke mit einem Teil der Veranda. Und ich erstarre. Denn da ist jemand. Da steht jemand! Mit verschränkten Armen an das Geländer gelehnt.

Tyron!

„Ach, dann grüß ihn einfach von mir, ja?"

„Ähm, ja. Natürlich. Das ... das mache ich", stammele ich und schiebe mein Gesicht wieder ins Blickfeld. Mir gelingt ein bedauerndes Lächeln, ein paar nette abschließende Worte, während in mir alles durcheinandergerät. Mein Herz klopft wie wild, in meinem Kopf beginnt es zu rauschen. Hat Tyron mein Rufen nach Philipp gehört?

Er steht noch immer da, doch als er sieht, wie ich das Handy wegstecke, stößt er sich von dem Geländer ab und kommt auf mich zu. Die Hände tief in die Hosentaschen vergraben.

„Hi Charlie!" Er bleibt vor mir stehen, viel zu weit weg.

„Hi. Was ... was machst du denn hier?"

„Ach, ich suche eigentlich nur die da." Er nickt zu der Mütze auf meinem Kopf. Seine? „Aber da ich sie ja jetzt gefunden habe: Kann ich dir vielleicht bei deiner Suche helfen?"

Hitze steigt mir ins Gesicht. Nein, das Schicksal hat kein Erbarmen. Meine Hoffnung, er hätte mein dummes Rufen nicht gehört, zerplatzt.

„Das, also ... das war mein Vater gerade", beginne ich. „Er wollte Philipp sprechen. Nur ist der ja nicht hier, wie du weißt. Das weiß er aber nicht. Weil ich es ihm noch nicht gesagt habe."

Verwirrung breitet sich auf Tyrons Gesicht aus. Ich atme durch, und erzähle ihm alles – von Anfang an. Tyrons Augen werden immer größer, die Distanz zwischen uns kleiner. „Du hast gar keinen Freund?"

„Nein, nicht mehr. Und es tut mir leid, aber Cassys Frage war mir so unangenehm, da hab ..."

„Schon okay, Charlie. Ich hab es ja mitbekommen. Nur ..." Mit einer verzweifelten Geste fährt er sich durch die Haare. „Warum hast du es mir nicht gesagt?"

„Wann denn?", frage ich ihn. „Und ... warum?" Dass ich keinen Freund habe, ändert ja nichts an der Tatsache, dass er eine Freundin hat.

„Tyron? Kommst du vielleicht mal?" Cassys Stimme schallt vom Parkplatz zu uns hoch. „Mir wird im Auto scheißkalt."

„Ich komme!", ruft Tyron zurück, ohne seinen Blick von mir zu lösen. Ich ziehe mir seine Mütze vom Kopf und halte sie ihm hin. Unsere Hände berühren sich. Ich spüre Tyrons warme Haut, und mein Körper spielt augenblicklich wieder verrückt. Hitze durchzieht meinen Bauch, kribbelt sich die Wirbelsäule empor bis hoch in meinen Nacken und lässt meine Wangen glühen. Auch auf seinen erkenne ich einen rötlichen Schimmer. Wir atmen beide nicht mehr, sehen uns nur an, stumm – voller ungesagter Worte.

„Ich muss los!", höre ich ihn mit belegter Stimme sagen. Langsam entzieht er mir seine Hand. Nur noch unsere Fingerspitzen berühren sich. „Mach's gut, Charlie!"

„Du auch, Tyron."

Ein Lächeln, ein letzter Blick. Ich versuche, mir jedes Detail seines wunderschönen Gesichts einzuprägen. Denn diesmal gibt es kein *Bis morgen!*

Weihnachten ist ein
Stück Heimat, das man
im Herzen trägt.

Freya Stark

22

Es ist süß, wie die Callahans nach ihrer Rückkehr vom Ski-fahren versuchen, den Duft von Vanillekipferln zu ignorieren. Einzig Sarah und Evan rutscht ein genüssliches Seufzen heraus, gefolgt von einem neugierigen Blick in die Küche, in der es aber keine verräterischen Spuren meiner Backsession mehr zu sehen gibt. Ich habe aufgeräumt, ein wenig auch in mir. Nachdem Tyron gefahren ist, bin ich in den Wald gegangen, habe geweint, geschrien. Mich beim Schicksal beschwert.

Danach war ich völlig erledigt, aber es ist stiller geworden in mir. Ich bin noch nicht soweit, mich mit dem Jetzt zu versöhnen, dazu schmerzt es noch zu sehr. Tyron ist zu sehr in mir gefangen, zu sehr noch ein Teil von mir. Doch schon einmal habe es ich geschafft, mich von ihm zu lösen, und ich werde es wieder schaffen. Irgendwann.

Nach dem Abendessen tragen Jaden und Jeff den gestern so feierlich geschlagenen Baum ins Wohnzimmer. Für Beth ist er zu ausladend, zu dicht. Todd liebt ihn. Jamie auch, er macht sich nur Sorgen, ob all die verknoteten Lichterketten, die er aus einem großen Karton fischt, für ihn auch ausreichen werden.

Und ich? Bin dankbar für diesen Funken Weihnachtsfreude, der in mir aufsteigt, als wir alle gemeinsam beginnen, den Baum zu schmücken. Brian und Alice sind für die Musik zuständig.
Have yourself a merry little Christmas.

Ich singe leise mit. Und ja, das wünsche ich mir, mit jeder glänzenden Kugel, die ich an die grünen Zweige hänge. Ich wünsche mir selbst ein kleines, frohes Weihnachtsfest.
Ich will mein Herz leicht werden lassen und alle Sorgen von mir schieben.
Let your heart be light. From now on, our troubles will be out of sight.
„Na, dann lassen wir das gute Stück mal leuchten", verkündet Todd mit feierlicher Miene, bevor er auf den Schalter der Steckerleiste drückt. Ein Funkeln erfüllt den Raum, das nicht nur mir, sondern uns allen ein beinahe andächtiges Lächeln auf die Lippen zaubert. Vor uns liegt Weihnachten. Und das, was wir sehen, das ist Weihnachtszauber pur. Der Schein der Lichterketten, der sich in den vielen roten und goldenen Kugeln widerspiegelt. Der Duft nach frischer Tanne. Die Lamettagirlanden, die glitzernd zwischen den Zweigen liegen. Und natürlich: der goldfunkelnde Stern hoch oben auf der Spitze. Ich muss an meinen Vater denken, an Fiona. Schaue in die Gesichter der Callahans, und eine friedliche Stille zieht in mir ein. Familie. Sie kann auch zusammengewürfelt sein. So bunt wie das Lametta am Baum.

„Wir fangen an, ja?" Winni schnappt sich plötzlich meine Hand, und als sie mich zum Couchtisch zieht und ich dort das große Mikrofon liegen sehe, weiß ich auch, warum. Karaoke – der heute gezogene Wunsch aus der Glasvase. Wir müssen alle ran, das haben wir beim Frühstück beschlossen, und wenn, dann schon richtig, oder? Während Winni unser Lied aus der Karaoke-Liste heraussucht, flitze ich noch schnell nach oben, um unsere roten Mützen zu holen.
Santa Claus is coming to town.

Den Song haben wir schon auf der Crescent-Heights-Weihnachtsparty zusammen performt, wir kennen den Text auswendig, erinnern uns auch an das meiste unserer damaligen Choreografie, und doch lachen wir uns mehr durch das Lied, als dass wir es singen. Das Publikum feiert uns. Und Todd rückt endlich seinen selbst gemachten Eierlikör heraus, bevor er zum Mikrofon greift, um als Frank Sinatra eine bühnenreife Version von *Let it snow* abzuliefern.

Alice gibt sich außergewöhnlich sexy mit *Santa Baby*. Ich wusste gar nicht, dass sie sich so frei und ungezwungen bewegen kann, und bejuble jeden Augenaufschlag, jeden Hüftschwung von ihr.

Wer hätte gedacht, dass sich ein Tag noch so drehen kann?

Leise vor mich hin summend sitze ich später im Schlafshirt auf meinem Bett, verteile die Vanillekipferl auf kleine Tüten, die ich mit goldenem Geschenkband zubinde. Meine Zeichnungen sind ebenfalls fertig geworden. Und auch sie erhalten zusammengerollt eine goldene Schleife. Ob ich die kleinen Überraschungen schon jetzt in die Weihnachtsstrümpfe am Kamin stecke?

Ich krabble aus dem Bett und öffne vorsichtig meine Zimmertür. Es ist wie in meiner ersten Nacht hier im Chalet, niemand ist mehr unten. Einzig die Stehlampe neben dem Sofa brennt noch. Diesmal aber hebt sich von ihrem schwachen Schein der Weihnachtsbaum in einem tiefdunklen Grün ab. Von seinen Zweigen funkeln mir ein paar Kugeln entgegen, und ich meine fast hören zu können, wie er atmet. Ganz leise. Voller Erwartung.

Ich lächle ihm zu und verschwinde schnell in meinem Zimmer, um meine Geschenke zu holen, als mich ein dumpfer Schlag zusammenzucken lässt. Erschrocken fahre ich herum, schaue zur Balkontür und sehe gerade noch, wie nasser Schnee an ihrer Scheibe herunterrutscht.

Evan? Jaden?, schießt es mir durch den Kopf. Aber ich hab die beiden doch vorhin noch hier oben gehört. Außerdem um die Uhrzeit? Es ist beinahe Mitternacht.

Wieder trifft ein Schneeball die Tür.

Verunsichert nähere ich mich ihr, öffne sie vorsichtig, und ein Schwall kalter Luft flutet das Zimmer. Augenblicklich breitet sich Gänsehaut auf meinen Beinen aus, auf meinen Armen, und zieht mir hinauf bis in den Nacken. Es ist wirklich eisig.

„Charlie! Endlich!"

Zwei Worte, beinahe geflüstert nur, und doch wirbeln sie alles in mir durcheinander. Mein Herz beginnt zu zittern. Alles in mir beginnt zu zittern. Zu flattern, zu fliegen. Denn ich kenne die Stimme, in all ihren Farben. Begreife nur nicht, warum ich sie jetzt höre. Hören kann.

Auf Zehenspitzen trete ich in den Schnee und beuge mich über das Geländer.

Tyron! Es ist wirklich Tyron.

Im Schein meines Zimmerlichtes steht er da, direkt unter mir.

23

„Darf ich zu dir, Charlie?"

Ich nicke, will auch etwas sagen, bekomme aber kein Wort heraus. Da sind zu viele Gedanken in mir, Fragen, die sich sammeln. Zu viel Herzklopfen!

Ich verstehe noch nicht. Ich fühle nur, und es ist einziges Chaos.

Tyron ist mit einem Satz auf dem Geländer der Veranda, mit dem nächsten hangelt er sich hoch, zieht sich über die Brüstung meines Balkons und steht vor mir. Schnee klebt an seinem Sweatshirt, an seiner Jeans, ein paar Flocken haben sich auch in seine Locken verirrt.

„Ähm ... es gibt auch eine Tür." Ich versuche mich an einem Lächeln.

„Schon, aber du scheinst den Ersatzschlüssel noch zu haben und klingeln wollte ich nicht." Tyron klingt ein wenig atemlos. Für einen Moment verfangen sich unsere Blicke. Mein inneres Flattern überträgt sich auf meine Arme, auf meine Lippen, die vor Kälte zu zittern beginnen.

„Du frierst, Charlie. Können wir rein?"

Wieder bekomme ich nur ein Nicken zustande, und wir betreten mein Zimmer. Tyron und ich.

Er schlüpft aus seinen Schuhen, ich in mein Sweatshirt, das zwar lang ist, aber nicht lang genug, um meine nackten Beine zu verstecken. Ich versuche, Tyrons Blick zu ignorieren, der für einen Moment an ihnen hängen bleibt.

„Wieso bist du hier?", frage ich mit erstickter Stimme.

„Ich ... ich musste einfach zurück, Charlie. Zu dir!"

Auch wenn mir noch immer furchtbar kalt ist, spüre ich, wie seine Worte mich von innen zu wärmen beginnen. Mich und mein aus Scherben so mühsam wieder zusammengesetztes Herz. Doch noch bin ich nicht bereit, es ihm zu öffnen. „Warum, Tyron? Was heißt das?"

„Es heißt, dass ... dass ich nicht woanders sein kann, wenn du hier bist." Er schluckt, holt dann tief Luft, und mir entgeht nicht, wie unruhig sich sein Brustkorb dabei hebt. „Das alles hier war nicht geplant. Nicht so. Cassy und ich, also wir sind nicht direkt zusammen, wir haben immer mal wieder was miteinander, und ..." Er schüttelt den Kopf. „Ich war ein Feigling, Charlie. Ich wollte nicht allein hierher, schon gar nicht, als ich gehört habe, dass du kommst. Und ich wollte definitiv auch nicht, dass alles wieder hochkommt. Nur ... bist du eben du." Seine graublauen Augen sehen mich an, leuchten hell in mich hinein, und ich würde ihm so gern sagen, dass es mir mit ihm genauso geht. Dass er eben er ist. Aber irgendetwas hält mich noch immer zurück. Mein Herz ist es nicht, es schlägt schon für ihn. Schlägt Tyron entgegen und drängt mich dazu, mich in seine Arme fallen zu lassen. Ins Jetzt! Es muss wohl mein Kopf sein, dem das alles zu schnell geht, der einfach nicht mitkommt.

Mein Schweigen verunsichert Tyron, mit einer fahrigen

Geste fährt er sich durch seine Haare. „Ich hab versucht, alles zu überspielen, aber Cassy hat es gemerkt. Von Anfang an. Wir haben viel und immer wieder geredet. Über dich. Und mich. Haben uns Auszeiten genommen. Aber nach dem Bowling, nach unserem Gespräch am Auto habe ich das, was auch immer zwischen mir und Cassy war, beendet. Es ging nicht mehr. Deswegen sind wir auch früher abgefahren."

Und erst dann hat er gehört, dass es Philipp in meinem Leben nicht mehr gibt.

Habe ich das gebraucht? Die Gewissheit, dass er fair geblieben ist? Und einen Schlussstrich gezogen hat, bevor er wusste, dass ich frei bin?

Es muss wohl so sein, denn plötzlich löst sich etwas in meiner Brust, ich spüre, wie alles in mir ganz weit wird und ... so leicht. Fassungsloses Glück durchströmt mich, so viel Glück, dass es mir in Tränen über die Wangen läuft.

Tyrons Augen weiten sich. „Du weinst?" Er hebt seine Hand, streckt sie nach mir aus, nur um sie dann doch fallen zu lassen. „Es ist zu spät, oder? Für uns?"

„Nein, Tyron! Nein." Ich lache, ich weine und lasse mich in seine Arme fallen. „Es ist ein *Endlich!*"

Ein überwältigendes *Endlich!*

Tyrons Körper entspannt sich unter meinen Händen. Mit einem tiefen Seufzen zieht er mich eng an sich und vergräbt sein Gesicht an meinem Hals.

„Charlie!", flüstert er ganz leise. Das Zittern in seiner Stimme jagt mir einen prickelnden Schauer über den Rücken. Ich umschlinge seine Taille, halte mich an ihm fest.

Er ist mir so vertraut und doch fühlt er sich anders an. Sein Brustkorb ist breiter, die Muskeln, die sich mir entgegenwölben, sind kräftiger. Tyron ist keine 17 mehr. Und das lässt sein Körper mich deutlich spüren.

„Charlie?" Seine Hände wandern von meinem Hals zu meinem Kinn und behutsam hebt er meinen Kopf an. In seinen Augen liegt ein warmer, beinahe schmerzvoller Glanz. „Wenn ich dich jetzt nicht küsse, dann ..."

Ich weiß nicht, was dann passiert. Denn, was auch immer es ist, ich lasse es nicht zu.

Heute darf weitergeblättert werden ...

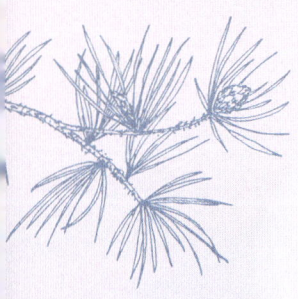

Meine Hände finden Tyrons Nacken und ich ziehe ihn zu mir. Unsere Lippen berühren sich, ganz zart nur. Ein federleichter Kuss. Ein Sich-Erinnern. Und doch so neu.

„Sind das wirklich wir, Tyron?", hauche ich, weil ich es noch immer nicht glauben kann, und lasse meinen Blick über sein Gesicht wandern. Über sein so atemberaubend schönes Gesicht.

Tyrons Daumen streicht über meine Wange. Lächelnd sieht er mich an. „That's us, Nobody."

Nobody. Ein Funkenregen rieselt durch meinen Körper. Ich ziehe Tyron wieder zu mir, küsse ihn. Diesmal fordernder. Seine Hände streichen über meinen Hals, finden meine Wangen, und mir entgleitet ein sehnsuchtsvolles Seufzen, als ich seine Zunge an meinen Lippen spüre. Hitze durchströmt meine Brust. Ich kann nicht mehr denken, nur noch fühlen. Ich öffne meine Lippen für Tyron. Ein Schauer durchfährt seinen Körper, der Druck seiner Hände an meinen Wangen verstärkt sich. Sanft und doch bestimmt biegt er meinen Kopf nach hinten, und wir keuchen beide auf, als unsere Zungen sich finden. Ich presse mich an ihn, spüre ihn, schmecke ihn. Atme ihn ein. Glühendes Verlangen breitet sich in mir aus. Und doch ist es nicht genug. Ich will mehr, ich will ihn fühlen, überall. Seine Haut auf meiner.

Ein heiseres Stöhnen entfährt ihm, als ich meine Hand unter seinen Pulli schiebe und meine Fingerspitzen seine Taille berühren. Sie sind kalt, viel zu kalt für seinen heißen Körper. Doch als ich sie zurückziehen will, höre ich ihn leise knurren: „Nicht aufhören!"

Samtweich fühlt sie sich an, seine Haut unter meinen Händen. Ich gleite mit ihnen an seinem Rücken hinauf, an den Seiten wieder hinunter. Tyrons Atmung beschleunigt sich, ich spüre unter unserem Kuss, wie er mehr und mehr nach Luft ringen muss, und löse meine Lippen von seinen. Das Grau in seinen Augen ist verschwunden, sie strahlen in einem tief leuchtenden Blau zu mir hinunter. In ihnen liegt das gleiche Verlangen, das sich pulsierend auch in mir aufbaut, zu einer Welle, die ich nicht mehr kontrollieren kann. Nicht mehr kontrollieren will. Ich ziehe ihn einfach mit mir bis zu meinem Bett.

„Ich ... ich bin nicht vorbereitet, Charlie." Seine Stimme klingt rau, von wenig Worten, vielen Küssen.

„Ich auch nicht. Aber wir müssen ja nicht direkt ... Wir können ..."

Auf Tyrons Lippen schleicht sich sein unverschämt schönes Lächeln. „Und ob wir können, Charlie!"

„Na dann?" Auffordernd hebe ich meine Arme und erzittere, als Tyrons Hände sich an meine Taille legen und er meinen Pulli quälend langsam nach oben schiebt. Zentimeter für Zentimeter.

Kühle Luft streift meine Brüste. Tyron sieht sie an, dann

zeichnen seine Finger die Rundungen nach, umkreisen sie. So sanft. Viel zu sanft.

Ich greife in sein Sweatshirt und ziehe es ihm mit einem Ruck über den Kopf, samt Shirt darunter.

Unsere Lippen finden sich erneut. Und als ich mich an ihn presse, seine heiße Haut an meinen Brüsten spüre, rast mir das Herz davon. Tyron küsst meine Lippen, mein Kinn, meinen Hals, wandert immer tiefer. Sein Mund hinterlässt eine glühende Spur. Ich stöhne auf, greife in seine Haare, als seine Zunge rau über meine Brustspitze fährt. Meine Knie beginnen zu zittern, geben nach. Ich lasse mich nach hinten auf das Bett fallen und ziehe Tyron mit.

Sein Lachen an meinem Ohr. Es tut so gut, es zu hören. Zu hören, dass er es ist. Dass wir es sind.

Doch es verstummt. Tyron sieht mich nur an, die Hände neben meinen Schultern abgestützt.

„Was ist?", frage ich atemlos.

„Ich hab dich so oft gezeichnet, Charlie. Es tausend Mal versucht. Aber so …" Er streicht mir eine Haarsträhne aus dem Gesicht. „Du bist so einzigartig schön."

Seine Lippen senken sich erneut auf meinen Mund. Unsere Zungen spielen miteinander, doch schnell wird der Kuss hungriger, und ich klammere mich an Tyron fest. Ich spüre sein Gewicht auf mir, spüre seine Erregung, hebe meine Hüfte an. Beginne, mich an ihm zu reiben.

„Oh Gott, Charlie!" Tyron stöhnt auf. „Ich bin noch nie in 'ner Jeans gekommen, aber wenn du so weiter..."

Ich küsse ihm die Worte von den Lippen, umschlinge dabei seinen Körper mit meinen Beinen und rolle mich auf ihn. So spüre ich ihn noch mehr, seine Härte drückt gegen mich, und ich bewege mich in langsamen Kreisen. Sehe Tyron dabei an. Sein Blick ist flammend, sein Gesicht glüht. Ich höre seinen Atem, er geht stoßweise, genau wie meiner. Er greift nach meiner Hüfte und setzt sich plötzlich auf. „Ich will mehr, Charlie. Mehr von dir."

„Dann …", lächelnd lasse ich meinen Finger über seine Brust gleiten, tiefer, bis zu dem Bund seiner Jeans, „… aber auch mehr von dir."

Ich öffne den Knopf seiner Jeans und er stöhnt tief auf, als ich den Reißverschluss finde.

Tyrons Hose landet neben dem Bett, und mit einem Mal ist er wieder über mir. Sein Atem streicht über meine Haut und ich schließe die Augen. Halte mich an ihm fest, während er meinen Körper mit seinen Lippen erkundet und mich alles um uns herum vergessen lässt.

Liebe ist die Kraft, die die Sonne
bewegt und alle anderen Sterne.

Dante Alighieri

24

Ich wache auf, weil etwas Warmes meinen Bauch umschlingt. Tyrons Arm. Den Rest von ihm spüre ich an meinem Rücken, seine Brust an meiner Schulter, sein Gesicht an meinem Hals. Ich höre sein Herz schlagen, tief und regelmäßig. Er ist da. Er ist bei mir! Glück rieselt durch mich hindurch, und mit einem wohligen Seufzen schmiege ich mich noch enger an ihn.

Als ich das nächste Mal zu mir komme, dringt Helligkeit durch meine noch geschlossenen Augenlider. Träge lasse ich meine Hand über das Laken wandern, ich suche nach ihm, nach seinem warmen Körper, doch ... da ist nichts. Tyron ist weg?

Ruckartig setze ich mich auf, zu schnell für meinen müden Körper, mir wird ganz schwindelig. Meine Gedanken aber sind hellwach. Hab ich das alles nur geträumt? Seine Rückkehr, unsere Küsse und ... und das danach? Mein Blick fliegt durch das Zimmer, zum Bad, wieder zurück. Und erst da sehe ich den kleinen Zettel, er liegt neben meinem Kopfkissen.

Guten Morgen, Nobody!
Ich bin schon mal vor. Wir haben ja nicht darüber
gesprochen, wie wir mit uns und den anderen umgehen.
Ich überlasse das gern dir. Für mich ist alles gut.
Tyron
PS: DANKE ♥!

Danke dir! Ich strahle. Ich habe nicht geträumt, die Nacht war echt! Vollkommen hibbelig springe ich unter die Dusche, verheddere mich beim Anziehen in meinen Leggings, krieg den Pulli kaum über meinen Kopf, und trotzdem kann ich nicht

aufhören, vor mich hinzusummen: *Have yourself a merry little Christmas.*

Mit flatternden Fingern öffne ich meine Zimmertür und spähe vorsichtig über das Geländer. Nervosität kitzelt meinen Magen, als ich, unten angekommen, schon alle herumwerkeln sehe. „Guten Morgen!" Oje, meine Stimme klingt ziemlich kratzig, außerdem fühlen sich meine Lippen beim Sprechen total geschwollen an. Kein Wunder, gefühlt haben wir uns die Nacht durchgeküsst.

Ich entdecke Tyrons schwarzes Sweatshirt in der Küche.

„Ausgeschlafen?", fragt er mich und klingt nicht sonderlich interessiert. Doch das versteckte Lächeln, als er an mir vorbei muss, um die Teller auf den Tisch zu stellen, jagt wie ein Blitz durch meinen Körper. Es erinnert mich an uns und an all das, was gestern Nacht zwischen uns passiert ist. Seine Lippen auf meinem Körper, seine Hände, die mich ...

„Mal sehen, ob sie *mir* antwortet", höre ich Jamie plötzlich sagen. „Kaffee oder Kakao, Charlie?" Er schwenkt fragend mit zwei Thermoskannen vor meinem Gesicht rum.

„Äh ... Kaffee. Sorry."

Sarah und Evan sitzen schon am Tisch, Alice und Brian ebenfalls, und irritiert beobachte ich, wie Winni sich meinen Platz schnappt. Jetzt ist nur noch der Stuhl neben Tyron für mich übrig. Ich kann ihn kaum ansehen, seine Mundwinkel zucken gefährlich, und schnell senkt er den Kopf, um dem Teller vor sich ein äußerst zufriedenes Lächeln zu schenken. Ich setze mich, lege aber nur eine Hand auf den Tisch, die rechte lasse ich absichtlich auf meinem Knie liegen. Tyron greift nach einer Scheibe Toast, seine andere Hand verschwindet zeitgleich unter dem Tisch. Sie legt sich auf meine, und ich muss mir ein Seufzen verkneifen, als sich seine Finger langsam zwischen meine schieben und sein Daumen zärtlich über meine Haut streichelt.

„Also, planen wir den Tag doch mal durch, ja?" Beth lässt sich die Butter reichen und fährt fort: „Um 16 Uhr wollen wir essen, der Truthahn muss also in zwei Stunden in den Ofen. Küchenhelfer sind erwünscht." Sie beginnt, uns alle einzuteilen, als Winni mich anstupst. „Kann ich mal die Marmelade haben?"

Ich will mich gerade darüber wundern, immerhin steht das Glas direkt vor ihrer Nase, als mich Abigail auch noch um die Thermoskanne mit dem Kaffee bittet. Mit links ist das nicht so einfach, aber meine rechte Hand liegt so warm in Tyrons, dass ich sie nicht wegziehen will. Die Kanne schwankt bedenklich, und ... plötzlich müssen alle lachen.

Ich hab den Witz irgendwie nicht mitbekommen und schaue irritiert zu Tyron, der aber genauso verwundert wie ich zu sein scheint. „Seit wann bist du Linkshänderin, Charlie?", fragt Abigail und wischt sich eine Lachträne von der Wange. „Ähm ..." Hitze schießt mir ins Gesicht, und sofort lasse ich Tyrons Hand los, um mir meinen Kaffeebecher zu nehmen. Mit rechts. Doch das sorgt am Tisch nur für den nächsten Lacher.

„Sorry, zu spät, Charlie." Todds Augen leuchten auf. „Wie lange wolltet ihr beiden uns denn was vorspielen?"

Mein Blick fliegt zu Tyron. Seine Wangen haben ebenfalls einen verräterischen Rotton.

„Tja ..." Mit einer verlegenen Geste fährt er sich über den Nacken, zuckt dann nur grinsend mit den Schultern. „Weiß nicht, wir hatten keine Zeit, uns abzusprechen."

„Aber wenigstens habt ihr es endlich kapiert!", verkündet Sarah. Alle am Tisch stimmen zu, und als Tyron seinen Arm um mich legt, ganz offiziell jetzt, strahle auch ich und kuschle mich an ihn.

Winni verrät uns später, dass Jeff uns überführt hat. „Er musste was aus seinem Auto holen und hat die Spuren gesehen. Große Fußabdrücke im Schnee, vom Parkplatz zur Veranda, aufs Geländer. Aber ... ich glaube, uns allen war das schon vorher irgendwie klar. Nur, Tyron?" Warnend hebt sie ihren Finger. „Wehe, du versaust das wieder! Hast du verstanden?" *Wieder?*

Tyron zieht mir seine Mütze über den Kopf. Wir wollen raus und für einen Moment allein sein, bevor der festliche Teil beginnt. Leichte Flocken wehen uns entgegen, als wir den Weg zum See einschlagen. Bei Sarah und Evans Schneemann zieht mich Tyron in seine Arme. „Ich war also grottenschlecht damals, ja?" Ein amüsiertes Funkeln blitzt in seinen Augen auf. Lächelnd lege ich ihm meine Hände in den Nacken und ziehe ihn zu mir. Ein Schneeflockenkuss. Ich spüre Tyrons weiche Lippen auf meinen, seinen warmen Körper, der mich schützend umschließt.

Winter Wonder Love. Mit einem wohligen Seufzen lasse ich mich in unseren Kuss fallen.

Ja, es ist Winter. Und es ist ein Wunder.

Und ... es ist Liebe.

Heute darf weitergeblättert werden ...

24

„Dir auch fröhliche Weihnachten. Und bis bald!" Ich winke meinem Vater zu, schaue ein letztes Mal in sein Lächeln, bevor ich das Gespräch beende. Die Wahrheit hatte noch gefehlt, und ich bin so erleichtert, dass ich das Gefühl habe, die Treppe hinunterzuschweben.

Tyron kommt mit besorgter Miene aus dem Wohnzimmer und ich strahle ihm von der letzten Stufe entgegen.

„Ich nehme an, alles ist gut?", fragt er.

„Mehr als das." Ich lasse mich in Tyrons Arme fallen, und der Boden unter meinen Füßen verschwindet, als er mich hochhebt und die Welt sich auf wundervolle Weise zu drehen beginnt.

Am liebsten würde ich das Leben gerade festhalten und genauso umarmen wie Tyron.

Damit beides mir bleibt.

Der Weihnachtsbaum strahlt uns entgegen, als wir ins Wohnzimmer zurückkehren

„Kein Weihnachten ohne Eierlikör!", verkündet Todd nicht zum ersten Mal, und er grummelt mich mit dem Tablett in den Händen an, weil ich diese Runde lieber an mir vorübergehen lasse.

Gähnend sinke ich an Tyrons Brust, ich bin so satt, so zufrieden glücklich, dass ich in seinen Armen gleich einschlafen könnte.

Aus halb geschlossenen Augen blinzle ich zu Brian hinüber. Er hat seine Gitarre ausgepackt, stimmt sie leise, während die anderen ihn schon mit ihren Liedwünschen überschütten.

Deck the halls wird das erste.

Die Callahans singen ein Weihnachtslied nach dem anderen, und bei *Silent night* singe ich leise auf Deutsch mit: *Stille Nacht, heilige Nacht.*

„Du klingst so süß, Charlie!", flüstert Tyron mir zu. „Ist fast wie ein Zauberspruch. Ich verstehe ja kein Wort."

„Wenn ich zaubern könnte, würden wir bei drei schon oben im Bett liegen", murmle ich schläfrig.

„Hätte ich nichts dagegen. Nur müssen wir vorher noch mal raus."

„Raus?" Mühsam richte ich mich auf, hoffe, dass das ein Scherz ist, aber Tyron meint es tatsächlich ernst. Er nickt, und das geheimnisvolle Lächeln, das sich dabei auf seine Lippen schleicht, sorgt dafür, dass ich wach werde. „Warum?" Er zuckt nur mit den Schultern, und Jeff verschwindet auf seinen Blick hin plötzlich nach draußen, nur um wenige Minuten später wieder hereinzukommen. Mit einem ähnlich geheimnisvollen Lächeln.

„Wir verabschieden uns mal, ja?" Tyron steht auf und beginnt die Umarmungsrunde, der ich mich noch immer völlig ahnungslos anschließe. Auf allen Gesichtern begegnet mir die gleiche Ahnungslosigkeit, doch ich traue hier keinem mehr, schon gar nicht, als ich sie alle hinter meinem Rücken flüstern höre.

„Danke noch mal für deine wunderschönen Zeichnungen, Charlie!" Beth streicht mir liebevoll über die Schulter.

„Und ich werde euren Gutschein ganz sicher einlösen!", verspreche ich ihr.

In einem Umschlag hatte ein Foto gesteckt, das Chalet im Sommer, mit der Einladung, unbedingt wiederzukommen. Von allen unterschrieben.

Frostige Kälte schlägt uns entgegen, als wir die Tür zur Veranda öffnen, doch der schwache Lichtschein, der vom See zu uns herüberscheint, lässt nicht zu, dass sie zu mir durchdringt. Aufregung und Vorfreude wärmen mich.

Was hat Tyron geplant?

Hand in Hand biegen wir in den schmalen Weg zum Schuppen ein und folgen unseren kleinen Atemwolken bis zum Hügel hinauf. Der zugefrorene See liegt vor uns, doch es ist nicht er, an dem mein Blick sich verfängt. Es sind die unzähligen Fackeln, die am Hang im Schnee stecken und uns mit ihren goldenen Flammen entgegenleuchten. Zusammen bilden sie ein riesiges, flackerndes Herz. Ein Flackern, das mein Herz augenblicklich übernimmt.

Völlig überwältigt schaue ich zu Tyron und will ihm sagen, wie wunderschön es ist, doch irgendwie lösen sich die Worte auf, sie verschwimmen in den Tränen, die in mir aufsteigen.

„Es ist ...", fast verlegen fährt er sich durch die Haare, „na ja, vielleicht ein wenig kitschig. Aber das wäre es vor vier Jahren definitiv auch gewesen."

„Vor vier Jahren?", frage ich mit erstickter Stimme.

Tyron nimmt meine Hand, dreht mich zur Seite, und erst jetzt sehe ich, dass am Unterstand wieder die Lichterketten brennen. In der Mitte steht der Tisch, diesmal mit einer Sektflasche und zwei Gläsern. Umgeben von vielen kleinen Teelichtern.

„Ich wollte es dich damals fragen, Charlie, und hab es verbockt." Unter seiner Jacke zaubert er eine langstielige Rose hervor. Keine echte, ihre Blüte ist aus Papier geformt. „Die Silberhochzeits-Gala übermorgen ist kein Prom, aber es wird auch getanzt, und daher wollte ich dich fragen: Möchtest du mit mir zusammen zur Silver-Prom-Party gehen?"

Meine Lippen beginnen zu zittern. Nächtelang hatte ich damals von diesem Moment geträumt, und dass Tyron ihn jetzt für uns nachholt, ist so unfassbar schön, dass es fast wehtut. Die Tränen rollen mir über die Wangen.

Ich nicke, ich strahle, und bekomme endlich ein überglückliches „Ja" heraus. „So gern!"

Auf Tyrons Mund erscheint ein Lächeln. Dieses verflucht schöne Tyron-Lächeln. Ich stelle mich auf die Zehenspitzen und küsse es ihm einfach von den Lippen.

„Dann, Nobody ...", er löst sich von mir, gerade so viel, dass er mir die Rose überreichen kann, „... ist die für dich."

„Danke!", flüstere ich.

Ihr Stiel ist ein dünner Zweig, ihre Blütenblätter sind kunstvoll gefaltet, und ich entdecke auf einigen von ihnen merkwürdige Zeichen und kryptische Buchstabenkombinationen. Tyron folgt meinem Blick und grinst. „Ja, sorry, dafür mussten ein paar Uniaufzeichnungen herhalten. Ich hab hier so schnell keine echte ..."

„Sie ist perfekt, Tyron." Die Rose in der Hand schlinge ich meine Arme um seinen Hals und ziehe ihn zu mir.

Ich weiß, dass wir uns die Vergangenheit nicht zurückholen können.

Aber wir haben das Jetzt.

Und wir haben uns – endlich!